Stefan Dolezal

Elfenchronik

Teil 1

Der Beginn

Roman

Bibliografische Information der Deutschen Nationalbibliothek.
Die Deutsche Nationalbibliothek verzeichnet diese Publikation in der Deutschen Nationalbibliografie, detaillierte bibliografische Daten sind im Internet unter http://dnb.dnb.de abrufbar.

© 2018 Stefan Dolezal
Lektorat: Daniela Bach
2., überarbeitete Auflage 2020

Herstellung und Verlag
BoD – Books on Demand, Norderstedt

ISBN: 978-3-7519-0011-9

Mail : Aricarion01@gmail.com

Inhalt

Prolog

Leise bewege ich mich durch das Dickicht des Waldes. Die Sonnenstrahlen schimmern hellgrün durch das Blätterdach und die vielfältigen Stimmen der Vögel und anderer Waldbewohner begleiten mich. Seit zwei Stunden bin ich nun auf der Pirsch, konnte jedoch bis jetzt noch keine vielversprechende Spur entdecken. Natürlich gibt es hier im Wald genug davon, jedoch bin ich nicht auf einen Hasen oder Fuchs aus. Ich suche bewusst nach der Fährte von Rehen oder Hirschen, denn ich möchte eine stattliche Beute mit nach Hause bringen. Für die Jagd nach Wildschweinen bin ich leider nicht richtig ausgerüstet. Davon habe ich natürlich jede Menge Spuren entdeckt. Wie sollte es auch anders sein?

Dabei fing der Tag sehr vielversprechend an. Ich feiere heute meinen einhundertsten Geburtstag. Das bedeutet, dass ich ab heute ein vollwertiges Mitglied meiner Sippe bin. Dies wird heute Abend mit einem großen Fest gefeiert. Zuvor muss ich jedoch für das Abendessen sorgen.

Nach der rituellen Waschzeremonie – tatsächlich kein großer Unterschied zur normalen Körperpflege, nur dass sie heute in der Öffentlichkeit stattfand – und dem anschließenden Frühstück mit der gesamten Sippe wurde mir von meinem Vater mein erster eigener Bogen aus Eibenholz überreicht. Der Kernstab ist aus Robinie gefertigt. Natürlich habe ich schon einen Bogen, jedoch habe ich mir diesen selbst gebaut und er ist aus dem Holz einer Hainbuche. Er ist mir auch nicht schlecht gelungen, aber er kann nicht mit dem Kunstwerk eines Meister-Bogenbauers konkurrieren. Der mir heute feierlich überreichte wurde eigens für mich hergestellt.

Größe, Zugkraft und Krümmung sind genau auf mich abgestimmt. Stolz habe ich den Bogen in Empfang genommen.

Kurz danach habe ich mich alleine aufgemacht, den Beweis meiner Jagdkünste zu erbringen. In meinem Hochmut war ich der Ansicht, dass Hasen oder andere kleine Tiere es nicht Wert sind, von diesem Bogen erlegt zu werden – das habe ich nun davon. Am Abend dann, wenn ich erfolgreich von der Jagd zurückkehre, wird das Fest beginnen. Ich bin jetzt einhundert Jahre alt und damit bei meinem Volk ein vollwertiges Mitglied der Sippe, mit allen Rechten und Pflichten. Dazu gehört selbstverständlich, sich an der Nahrungsbeschaffung zu beteiligen, was ich nun unter Beweis stellen muss – aber so wird das nichts.

Ich schlage einen anderen Weg ein und begebe mich zur nächsten mir bekannten Wasserstelle, um dort mein Glück zu versuchen. Als ich mich nähere, finde ich im Moos tatsächlich frische Spuren von einem Reh. Ein kleiner See, umgeben von bemoosten Felsen, schimmert im Licht der Sonne, die durch die Öffnung in den Baumwipfeln auf die glatte Oberfläche des Gewässers fällt. Die Bäume des Waldes wachsen bis an das Ufer des Sees heran und bieten den Tieren die Möglichkeit, im Schutz des Unterholzes zu trinken. Es ist ein idyllischer Platz und häufig sitze ich hier und genieße die Einsamkeit des Waldes.

Das Reh muss hier erst vor wenigen Augenblicken vorbeigekommen sein. Meine Einschätzung erweist sich als richtig, denn ein paar Schritte weiter sehe ich es. Ich stelle mich lautlos an den nächsten Baum. Ohne Hast lege ich einen Pfeil auf die Sehne und visiere das Ziel an.

Ganz ruhig atme ich ein und aus. Es ist ungewohnt, den neuen Bogen zu halten, jedoch sind Kraft und Gewicht sehr ausgewogen und er fühlt sich gut an.

Gerade will ich die Sehne loslassen, als ich eine Bewegung im Gebüsch neben dem Reh sehe.

Ich halte inne und warte mit meinem Schuss, bleibe aber in meiner Position. Langsam bewege ich nur meinen Kopf in die Richtung und schaue mir das Gebüsch näher an. Einen Augenblick später tritt ein Rehkitz aus diesem. Ich blinzle einmal, aber es ist keine Sinnestäuschung. Das irritiert mich, denn in dieser Jahreszeit sollte es keine Jungtiere geben.

Aber es ist nun einmal so und damit löst sich mein schöner Plan in Wohlgefallen auf. Ich nehme den Pfeil von der Sehne und stecke ihn in meinen Köcher zurück. Ich werde kein Muttertier erlegen. Mit einem leisen Fluch auf den Lippen ziehe ich mich in den Wald zurück.

Da es nun schon spät ist, werde ich wohl keinen Erfolg mehr haben und mit leeren Händen zurückkehren müssen. Beschämt mache ich mich auf den Rückweg zu meiner Sippe. Ich kann zwar mehrere Fährten von Hasen erkennen, habe aber zu lange gebraucht, das Reh zu finden, und nun fehlt mir die Zeit, ihnen nachzugehen. Leider habe ich auch nicht das Glück, dass mir welche direkt über den Weg laufen.

Die Dunkelheit bricht über den Wald herein, als ich zurückkehre. Durch die Bäume kann ich schon das große Feuer sehen, das meine Sippe auf einer Lichtung entfacht hat. Leider wird es von mir keinen Beitrag zu dem Festessen geben. Ich habe versagt und das nach langer und sehr guter Ausbildung. Mir graut es davor, meinen Ausbildern gegenüberzutreten.

Ich hatte nur eine einzige Aufgabe, das Abendessen für die Feier zu besorgen, und hatte dafür auch noch einen ganzen Tag Zeit – aber nein, ich komme mit leeren Händen zurück. Missmutig stapfe ich durch den Wald. Leise zu sein hat ohnehin keinen Zweck, denn ich werde heute keine Beute mehr finden.

Hätte ich mich nicht so sehr auf die Spur des Rehs konzentriert, hätte ich vielleicht auch andere Beute finden können, aber ich war von meinen Fähigkeiten so überzeugt, dass ich gar nicht auf die Idee gekommen bin, es könnte etwas schiefgehen.

Mit hängenden Schultern betrete ich die Lichtung. Shirókiel der Jagdmeister, mein Schwerttrainer Aranáreb und auch Geldarion und Teleria, meine Eltern, erwarten mich. Hinter ihnen steht die gesamte Sippe in Erwartung dessen, was nun kommt.

Shirókiel ist ein eher kleiner Elf mit langen, braunen Haaren, die er immer zu einem Pferdeschwanz gebunden trägt. Seine Lederkleidung ist mit grünen Stoffstreifen verziert, was es ihm möglich macht, mit dem Unterholz des Waldes zu verschmelzen. Das lange Jagdmesser trägt er auch heute an der linken Hüfte.

Aranáreb ist das genaue Gegenteil. Groß gewachsen und breitschultrig hält er sein ebenholzschwarzes Haar kurz bis gerade zur Schulter. Er trägt seine Lederrüstung, hat seine Waffen aber nicht dabei.

Mein Vater Geldarion und meine Mutter Teleria haben ihre Festgewänder angelegt und schauen mich freudestrahlend an.

Sie haben ihre Haare, beide haselnussbraun, ebenfalls zu langen Pferdeschwänzen gebunden.

Langsam trete ich vor. Seit Jahrzehnten bin ich der erste aus meinem Volk, der die Weihe der Volljährigkeit erhält und dann versage ich bei einer simplen Jagdaufgabe. Betreten schaue auf meine Füße. Leise beschreibe ich, warum ich mit leeren Händen zurückkomme. Dass ich zwar mit der Spurensuche Erfolg hatte, aber nicht schießen mochte, da ich das kleine Reh hilflos hätte zurücklassen müssen.

Ich entschuldige mich für mein Versagen und für meine Unfähigkeit, das Muttertier zu erlegen.

Lange Zeit spricht niemand, dann treten der Jagdmeister und der Schwerttrainer auf mich zu. Shirókiel legt mir seine Hand auf die Schulter. „Sil'ir, wir haben dir die Jagd beigebracht, das Spurenlesen, den Umgang mit Pfeil und Bogen und auch den Kampf mit Schwert und Speer. Wir haben versucht, dir die Unterschiede zwischen richtigem und falschem Handeln zu erklären. Das war nicht immer einfach und es gibt einiges, was wir dir nicht beibringen können. Einige Dinge musst du ganz alleine herausfinden. Dazu gehört auch, deinem Gewissen und deiner Intuition zu folgen. Du hast das Reh verschont, damit das Kitz eine Überlebenschance hat. Du bist nach deinem Gefühl gegangen. Deine Sippe hungert nicht, sie ist auf das zusätzliche Fleisch nicht angewiesen. Somit hast du die Prüfung, die wir dir auferlegt haben, mit Bravour bestanden. Denn du hast dich richtig verhalten. Im Gegenteil, hättest du den Pfeil verschossen, wären wir sehr enttäuscht gewesen. Herzlichen Glückwunsch und willkommen in der Welt der Erwachsenen, Sil'ir!"

Im ersten Moment bin ich sprachlos, dann schleicht sich ein breites Grinsen auf mein Gesicht. Mein Gewissen hat dafür gesorgt, dass ich richtig gehandelt habe. Die ganze Sippe bricht bei diesen Worten in Jubel aus. Meine Eltern treten näher und reichen mir die Hände. Auch sie haben ein warmes Lächeln im Gesicht und sie freuen sich sichtlich für mich.

So endet meine Ausbildung und das Leben als vollwertiges Mitglied der Sippe beginnt. Die anschließende Feier wird mit einem Festmahl eröffnet. Ich muss immer wieder von meiner Pirsch erzählen und wie ich auf das Kitz aufmerksam geworden bin. Auch werde ich natürlich gefragt, warum ich nicht auf kleinere, leichtere Beute gegangen bin.

Ich tue mich schwer damit, berichte jedoch offen von meinen Gedanken und Gefühlen.

Nach dem Essen beginnt der Tanz, den ich mit meiner Mutter eröffnen muss. Da ich kein sehr guter Tänzer bin, versuche ich mich nach dem Eröffnungstanz an meinen Tisch zurückzuziehen. Leider erfolglos, denn sobald ich mich dem Tisch nähere, kommen weitere Elfen auf mich zu, die mich nacheinander zum Tanz auffordern. Das geht bestimmt bis Mitternacht so und ich spüre meine Füße bald nicht mehr. Anschließend geben die Geschichtenerzähler und die Dichter ihre Darbietungen und die Nacht vergeht wie im Fluge.

Ein letztes Training

Nach meinem Geburtstag habe ich noch einige Wochen Zeit, mich auf meine zukünftige Aufgabe vorzubereiten. Die nächsten Jahre werde ich an den Grenzen unseres Landes die Wachen und Patrouillen unterstützen. Ich sehe meiner neuen Aufgabe mit einer gewissen Vorfreude, aber auch mit großer Erwartung entgegen. Ich habe in den letzten Jahrzehnten viel gelernt, auch die Kampfkunst stand die letzten fünfzig Jahre lang auf dem Lehrplan. Trolle, Oger, Goblins und Kobolde habe ich bis heute noch nicht gesehen. Ich kenne sie nur aus den Erzählungen von Aranáreb und ich bin schon neugierig, wie es sein wird, diesen Kreaturen real zu begegnen. Aranáreb wird mich auch begleiten, wenn ich zu der Grenzwache aufbreche.

Ich kann es kaum erwarten und habe mein Bündel schon lange gepackt. Viel ist es nicht, denn außer meiner persönlichen Ausrüstung besitze ich nicht viel. Jedoch muss ich mich noch in Geduld üben, was mir zugegebenermaßen schwerfällt. Wir werden erst aufbrechen, wenn Aranáreb die Zeit für gekommen hält. Er gibt mir auch nach mehrfacher Nachfrage nicht den kleinsten Anhaltspunkt, zu welchem Zeitpunkt ich mit dem Aufbruch rechnen kann. Habe ich zuerst gedacht, vor meinem Aufbruch habe ich Zeit zur Muße, so habe ich mich geirrt, denn meine Ausbildung ist doch noch nicht zu Ende. Da ich mich für die Grenzwache entschieden habe, endet mein Training nicht einfach. Genau das Gegenteil passiert. Super, vielleicht sollte ich mich doch als Maler oder Kunsthandwerker in der Sippe verdingen. Das ist nicht so anstrengend. Dieser Gedanke kommt mir jedoch nur sehr, sehr kurz.

Nicht nur mein Kampftraining hat noch einmal an Intensität zugenommen. Zusätzlich kommt Shirókiel zu mir.

„Guten Morgen Sil'ir. Ich habe für dich heute eine besondere Aufgabe herausgesucht. Du sollst eine Spur finden." Seine Stimme klingt, als ob er mir nur ein Glas Wein anbietet.

„Kinderspiel. Welche Spur soll ich denn finden?"

„Was für eine Spur ich für dich vorbereitet habe, werde ich dir nicht verraten. Du solltest es selber wissen, wenn du die richtige gefunden hast." Er schaut mich mit unbewegtem Gesichtsausdruck an.

Das ist für mich neu. „Nicht mal einen Anhaltspunkt? Wenigstens ein Tipp, ob ich nach der Spur eines Tieres oder einer anderen Kreatur suche?"

„Nein, ich will dir ja nicht den Spaß verderben!" Aus seiner Miene ist nicht der kleinste Hinweis herauszulesen. Als ich mich auf den Weg machen will, hält er mich noch zurück, teilt mir mit, dass ich jetzt schon tot wäre, und reicht mir ein Schwert. Endlich ändert sich sein Mienenspiel. Leider sehe ich nur eine gerunzelte Stirn, die leichtes Missfallen ausdrückt. „Du solltest dein Schwert mitnehmen. Denk daran, in welchen Dienst du dich stellen willst."

Zuerst will ich ihn fragen, wozu ich es bräuchte, denn hier im Kernland wird mir keine Gefahr drohen. Ich verkneife mir die Frage aber lieber, denn tatsächlich weiß ich gar nicht, was für eine Fährte ich finden werde. Auch sagt mir seine Miene, dass er nicht darauf antworten wird.

„Tut mir leid, daran habe ich gar nicht gedacht. Noch bin ich ja nicht dort."

14

Shirókiel schüttelt den Kopf. „Du sollst zwar nur eine Fährte finden und ihr folgen, aber denke bitte immer daran, du begibst dich in das Grenzland. Du darfst dich niemals von deinen Waffen trennen, denn der Feind könnte überall auftauchen. Am besten fängst du damit jetzt schon an, damit du dort nicht eine böse Überraschung erlebst."

Er hat natürlich recht, betreten nehme ich die Waffe, schnalle sie mir um und breche auf. Wieder bin ich alleine unterwegs, denn ich soll die Aufgabe selbst bewältigen. Die Spur finde ich recht schnell. Sie ist deutlich sichtbar und bedeutet keine große Herausforderung für mich. Es ist die Spur eines Goblins. Natürlich weiß ich, dass Shirókiel die Spur in der Nacht gelegt hat, denn im Vocaru, unserem Kernland, gibt es keine Goblins.

Trotz allem versuche ich zu tun, als wäre ich schon im Grenzland und jederzeit könnte ein echtes Exemplar dieser Kreaturen hinter den Bäumen hervorspringen. Anfangs fällt mir diese Vorstellung sehr schwer, denn mein Verstand sagt mir, dass ich mich mitten im Kernland befinde. Nach einiger Zeit helfen mir die dunkelgrünen Schatten, welche die Sonne auf den Waldboden wirft, aber tatsächlich, mich ganz in die Vorstellung hineinzuversetzen, ich würde mich in einem unbekannten und gefährlichen Gebiet befinden. Die Lichtstrahlen, die zwischen dem schummerigen Grün des Unterholzes tanzen, gaukeln mir Gefahr und Bewegung vor.

Allerdings hat das Licht nach einiger Zeit eine beruhigende, beinahe schon einschläfernde Wirkung auf mich.

Nach einigen Stunden, denen ich der Spur gefolgt bin, springt tatsächlich eine Gestalt aus dem Gebüsch.

Meine Aufmerksamkeit hat im Lauf der Zeit nachgelassen und es gelingt mir gerade noch rechtzeitig, meinen Schreck zu überwinden, mein Schwert zu ziehen und es zur Verteidigung hoch zu reißen. Ein funkensprühendes Klirren hallt durch den Wald.

Es ist Aranáreb, der dort aus dem Gebüsch auf mich zustürzt und mit dem Schwert auf mich losgeht. Er hat sich mit dunkler Farbe das Gesicht angemalt, sodass er im Unterholz nicht zu sehen gewesen ist.

Erleichtert lasse ich mein Schwert sinken. „Oh Mann, die Überraschung ist dir gelu..." Ich komme nicht dazu, mehr zu sagen, denn er greift mich sofort mit voller Wucht an.

Ganz knapp bekomme ich mein Schwert wieder hoch, finde so schnell und noch immer den Schreck in den Knochen keinen sicheren Stand, um seine Attacken vernünftig zu parieren, und muss einen unschönen Hopser zur Seite machen. Schon bei diesem ersten Schlagabtausch wird mir bewusst, dass unsere Schwerter, anders als in den Übungskämpfen, echt und sehr scharf sind. Entgeistert versuche ich etwas Abstand zwischen ihn und mich zu bringen.

„Was soll das? Willst du mich umbringen? Shirókiel hat uns versehentlich scharfe Waffen mitgegeben."

Jedoch gibt mir Aranáreb immer noch keine Antwort und mir wird klar, dass es kein Versehen gewesen ist. Aranárebs Gesichtsausdruck ist starr und mir fällt auf, dass er mir nicht in die Augen schaut. Als Shirókiel mir das Schwert vorhin in die Hand gedrückt hat, habe ich es mir gar nicht genau angesehen. Ich komme mir sehr dumm und wie ein blutiger Anfänger vor.

Ich will Grenzwächter werden und weiß nicht einmal, was ich für ein Schwert dabei habe. Zum weiteren Protestieren bleibt mir keine Zeit. Ich habe alle Hände voll zu tun, am Leben zu bleiben. Ich weiß nicht, was in Aranáreb gefahren ist, und hoffe, dass es sich nur um eine weitere Prüfung handelt. Ich benötige meine gesamte Aufmerksamkeit, um die Attacken abzuwehren, und mehr als einmal kann ich nur knapp ausweichen.

Vor einem gemeinen Schnitt in der Schulter rettet mich nur meine Lederrüstung, die ich glücklicherweise anhabe. Auch wenn diese nun dort geflickt werden muss. Nachdem ich mich von meiner Überraschung einigermaßen erholt habe, finde ich meinen Rhythmus und kann die Schläge etwas genauer parieren. Was allerdings nicht bedeutet, dass ich dadurch keine Probleme mehr habe.

Als Aranáreb zu einem Stich ansetzt, drehe ich mich an seiner Klinge vorbei und steche mit meiner Klinge, die ich hinter dem Rücken führe, in Richtung seiner Leber.

Diesen Stich wehrt er mit einem Parierdolch ab und wir gehen auf Abstand. Lauernd umkreisen wir uns. Reden hat jetzt keinen Zweck, das ist mir inzwischen klar. Aus seinem Gesicht ist noch immer nicht die geringste Regung abzulesen und mein Mund ist trocken. Gerne würde ich einen Schluck Wasser trinken. Ich muss diesen Kampf gewinnen, denn ich bin nicht sicher, ob ich sonst mit heiler Haut davonkomme.

Ein weiteres Mal gehen wir aufeinander los. Die Klingen wirbeln um uns herum, sodass sie nur verschwommen zu sehen sind, und ich gerate bald außer Atem.

Aranáreb hat noch immer keinen Ton von sich gegeben und atmet nicht einmal schwer. Dass ich trotz der fünfzig Jahre Training bei ihm keine Chance gegen den Schwertmeister habe, ist mir von Anfang an klar gewesen. Ich muss mir etwas einfallen lassen, um aus dieser Situation heil herauszukommen.

Nach einer weiteren Angriffsserie sehe ich eine überhängende Wurzel am Boden zwischen den Bäumen und ein Plan nimmt in meinem Kopf Gestalt an. Auch wenn ich gegen den Schwertmeister keine wirkliche Chance habe, bin ich kein schlechter Kämpfer und Aranáreb weiß das, also ist es meine Aufgabe, seine Schläge abzuwehren und ihn dahin zu treiben, wo ich ihn haben will, ohne dass er Verdacht schöpft. Glücklicherweise habe ich eine gute Konstitution und so kann ich ihn, auch wenn ich nach Luft ringe, langsam in Richtung der Baumwurzel führen.

Um keinen Verdacht zu erregen, wechsele ich immer wieder die Richtung. Ich brauche sehr lange, um ihn in die richtige Richtung zu treiben. Beinahe zu lange.

Nach einer gefühlten Ewigkeit habe ich ihn da, wo ich ihn haben möchte. Es wird auch Zeit, denn mein Atem geht stoßweise und ich bin am Ende meiner Kräfte. Ich sammle die letzten Reste an Energie zusammen, die ich noch habe. Mit einem wilden Aufschrei schwinge ich mein Schwert in barbarischer Art von oben nach unten. Kein Schlag, den der Schwertmeister nicht mit Leichtigkeit abwehren könnte, aber um vernünftig kontern zu können, muss er einen Schritt nach hinten machen, was er auch macht.

Dabei bleibt er mit seinem linken Fuß an der Wurzel hängen und stürzt rücklings in das Unterholz.

Augenblicklich bin ich bei ihm und halte ihm meine Schwertspitze an die Kehle. Er hat keine Zeit, das Schwert dazwischen zu bringen und bleibt still liegen. Natürlich werde ich meinen Ausbilder und Freund nicht töten, aber ich will hier auch nicht sterben.

Er lässt das Schwert los, das er auch im Sturz noch festgehalten hat, hebt beide Arme und grinst mich an. „Das hat ja vielleicht lange gedauert." Keuchend versucht er aufzustehen.

Ich stecke mein Schwert ein und helfe ihm auf.

Als er meinen irritierten Gesichtsausdruck bemerkt, geht sein Grinsen in ein befreiendes Lachen über. „Herzlichen Glückwunsch! Du hast die letzte Prüfung bestanden. Jetzt bist du bereit, dich ins Grenzland zu begeben."

Ich ringe noch nach Luft, bin aber auch so sprachlos.

Meinem Blick entnimmt er die offensichtliche Frage. „Ob ich dich wirklich getötet hätte? Nein, natürlich nicht. Zumindest nicht absichtlich, auch wenn du es mir nicht gerade einfach gemacht hast. Aber du hast einen guten Kampf geliefert und das ist in diesem Fall die Hauptsache. Du hast einen Weg gefunden, einen überlegenen Gegner zu bezwingen. Das war die Prüfung.

Deine Kameraden im Grenzland müssen sich zu jeder Zeit auf dich verlassen können. Wir beide haben soeben zum letzten Mal die Klingen gekreuzt. Die Ungeheuer im Grenzland sollten sich in Acht nehmen."

Ich kann immer noch nicht glauben, was passiert ist. „Du hättest … mir schon irgendein Zeichen … geben können.

Ich hätte weiter … mein Bestes gegeben." Nur stoßweise kommen die Worte. Ich tue mein möglichstes, meine Lungen mit ausreichend Sauerstoff zu füllen. Allerdings bin ich doch etwas eingeschnappt. „Ich habe gedacht, du hast den Verstand verloren. Mach' so etwas niemals wieder!"

Verärgert stecke ich mein Schwert in die Scheide zurück und wende mich schnaubend von ihm ab. Ich weiß, dass ich mich kindisch benehme, aber das brauche ich jetzt. So kann ich außerdem mein Zittern besser verbergen. Ebenso gibt es mir Zeit, wieder einigermaßen zu Atem zu kommen.

Unbeeindruckt von meinem Verhalten bestimmt Aranáreb unser weiteres Vorgehen. „Wir werden die Nacht auf der Lichtung dort hinten verbringen. Denn da wir beide vom Kampf erschöpft sind, werden wir heute nicht mehr zurückgehen. Und du hast etwas Zeit, dich wieder zu beruhigen!"

Er hat ja recht. „Ich bin nur erschrocken. Ich habe nicht damit gerechnet, dass wir uns mal einen solchen Kampf liefern müssen", lenke ich ein. Ich kann schon wieder normal atmen. „Außerdem bin ich der Meinung, dass wir es genauso gut mit Trainingsschwertern hätten machen können. Ich werde mich mal um das Abendessen kümmern."

„Du hast im Grenzland auch nicht die Chance, dich zu beschweren, dass du nicht mit einem Angriff gerechnet hast. Ebenso wenig darüber, dass deine Gegner echte Waffen nutzen. Die wollen dich nicht nur prüfen, sondern töten."

Immer noch etwas eingeschnappt wende ich mich ab, nehme meinen Bogen und gehe in das Unterholz, um nach einer vielversprechenden Spur für unser Abendessen zu suchen.

Vielleicht finde ich auch ein paar Beeren oder Zwiebeln, die das Essen etwas verfeinern.

Aranáreb baut einen Unterstand, ich jage uns derweil zwei kleine Kaninchen. Die Jagd nutze ich dazu, mich abzureagieren. Mit Shirókiel habe ich häufig solche Nächte in der Wildnis verbracht und ich freue mich schon ein wenig auf eine ruhige Nacht im Wald. Jedoch bin ich nun etwas misstrauisch, ob Aranáreb nicht noch eine weitere Hinterhältigkeit auf Lager hat. Als ich nach zwei Stunden mit meiner Beute und ein paar wilden Zwiebeln unseren Lagerplatz erreiche, hat er schon das Feuer angefacht und einen Kessel mit Wasser darüber gehängt. Es duftet aromatisch nach Holunderblütentee. Ich behalte das Schwert bei mir, als ich mich setze.

Der Schwertmeister ist nicht gesprächiger als unser Jagdmeister und der Abend und unsere Nacht vergehen in entspannter Stille. Keiner von uns hat das Bedürfnis, sich zu unterhalten, und es ist auch gar nicht nötig. Nur das Knistern des Feuers und die Geräusche des nächtlichen Waldes sind zu hören.

Ich erlaube mir, ein wenig zu träumen. Wenn ich in der Grenzwache eingesetzt bin und mich auf einem Patrouillengang befinde, werde ich wohl viele solche Nächte erleben. Als ein panischer Schrei eines Waldbewohners und dessen abruptes Ende mich aufschreckt, rufe ich mich in Gedanken zur Ordnung. Mir wurde gerade heute bewiesen, dass es bei uns im Grenzgebiet nicht so friedlich zugeht, wie in den Nächten, die wir hier so häufig im Vocaru verbracht haben.

Ich muss Tag und Nacht aufmerksam sein, wenn ich die zehn Jahre Grenzdienst überleben will.

Aufbruch

Am Morgen gehen wir zur Sippe zurück. Dichte Wolken bedecken den Himmel und die Sonne hat keine Chance, mit ihren wärmenden Strahlen zu uns durchzudringen. Dieses Mal muss ich nicht aufpassen, sondern kann die Wanderung als entspannten Spaziergang betrachten.

Amüsiert schaut mich mein Lehrer an. „Mach dir keine Sorgen. Ich werde dich nicht wieder angreifen." Aranáreb versichert mir, dass keine bösen Überraschungen mehr auf mich warten.

„Diesmal kannst du dich zumindest nicht an mich heranschleichen", erwidere ich mit einem Grinsen.

Die Zeit der Ausbildung ist für mich nun endgültig zu Ende – zumindest denke ich das. Ein neuer Abschnitt in meinem Leben beginnt. Die ersten einhundert Jahre meines Lebens habe ich die wilden Wälder um das Vocaru nicht verlassen. Die Zeit war geprägt von Ausbildung und dem Erlernen der Grundkenntnisse, um in unserer Heimat überleben zu können. Ich will mich nicht selber loben, aber es fiel mir von Anfang an leicht, mich in der Wildnis zu behaupten. Unsere Heimat ist zwar wunderschön, aber dennoch wild und gefährlich, auch wenn es hier dank der Grenzwächter keine Goblins gibt. Ich denke, ich bin inzwischen genauso gut wie unser Jagdmeister. Der gestrige Kampf hat gezeigt, dass ich auch den Waffenmeister bezwingen kann.

Unsere Alten haben erzählt, dass wir erst nach dem Großen Krieg, der auch als Krieg der Rassen bezeichnet wird, hier ansässig geworden sind. Ich nehme mir fest vor, nach meinen zehn Jahren Grenzdienst in unsere alte Heimat zu reisen.

Wir haben seit unserer Ankunft hier vor all diesen Jahren die Wälder kaum verlassen.

Ich bin neugierig, was es jenseits der Grenzen gibt. Unsere frühere Heimat – ebenfalls ein Wald, weit westlich von unserem jetzigen Kernland – war um einiges friedlicher und wir haben angeblich sogar mit den Menschen zusammengelebt und mit Zwergen Handel getrieben. Die Künste des Malens, des Singens und des Dichtens hatten zu dieser Zeit ihren Höhepunkt.

Dann kam der Krieg und mein Volk wanderte danach aus, in unsere jetzige Heimat. Den Kontakt zu den Menschen und den Zwergen haben wir abgebrochen. Seitdem hat es keine Begegnungen mehr zwischen unseren Völkern gegeben.

Warum wir unsere alte Heimat verlassen haben, kann keiner mehr so genau sagen. Irgendetwas soll den Wald vergiftet haben. Keiner kann jedoch genaueres erzählen und es bleibt ein ungelöstes Rätsel aus der Vergangenheit. Das Wissen um unseren Auszug ist in den Jahrhunderten verloren gegangen und nur die Mitglieder des Hohen Rates haben Kenntnisse aus der Vergangenheit.

In die Grenzlande zu den Wächtern zu gehen, ist eine Ehre für mich. Trotzdem möchte ich diese Zeit auch als Vorbereitung für meine Reise in die unbekannte Welt nutzen. Die meisten aus meinem Volk verlassen das Vocaru niemals und sind durch die Sicherheit träge geworden. Durch mein Geschick mit der Waffe und mein scharfes Auge, habe ich mich sehr schnell für die Aufgabe des Grenzwächters qualifiziert.

Eine Begabung, wenn es darum geht, Kunstwerke herzustellen, wie die meisten aus meiner Sippe, habe ich nicht. Das Töpfern, Malen oder auch das Musizieren liegen mir gar nicht und ich könnte keinen wirklichen Beitrag zur Gemeinschaft damit leisten.

Die paar Lieder, die ich mit meiner Hirschknochenflöte zustande bringe, können sich nicht mit denen unserer Sänger messen. Lediglich das Bogenbauen beherrsche ich hinlänglich.

Mit unserem Meisterhandwerker, meinem Vater, kann ich es natürlich nicht aufnehmen. Er schafft es, den jeweiligen Bogen für den zukünftigen Besitzer perfekt anzupassen. Er sieht mit einem Blick, welcher Baum ihm das beste Material bietet und wie er es am besten verarbeitet.

Am frühen Vormittag erreichen wir die Lichtung. Ich begebe mich zu meinen Eltern und bereite mich für die morgige Abreise vor.

„Sil'ir, noch kannst du deine Meinung ändern", empfängt mich meine Mutter. „Du könntest zusammen mit deinem Vater die Bogenwerkstatt führen. Oder du gehst zu den Jägern. Dann kannst du auch frei durch die Wildnis streifen, aber immer wieder zurück nach Hause kommen, wenn du es möchtest." Ihre Stimme klingt gefasst, jedoch kann ich ein unterdrücktes Flehen heraushören.

Meine Eltern sind noch immer nicht einverstanden mit meinem Entschluss, das Kriegshandwerk zu erlernen. Keiner aus meiner Familie ist je bei den Grenzwachen gewesen und es ist für sie schwer, meine Entscheidung zu verstehen.

Es ziemt sich nicht, als Krieger in die Grenzlande zu gehen, wenn ich doch in der Bogenwerkstatt meines Vaters arbeiten könnte, zumal bei meinem Talent dafür. Außer Aranáreb und Shirókiel sind die meisten dieser Ansicht. Auch bin ich sicher, dass mein Talent im Kampf, jenes, was zum Bauen vernünftiger Bögen notwendig ist, bei Weitem übertrifft. Aber das will meine Mutter nicht hören.

„Ich weiß deine Sorge zu schätzen, Mutter. Jedoch steht meine Entscheidung fest. Ich werde hier nicht glücklich werden. Das weiß ich sicher.

Ich möchte etwas zur Sicherheit unserer Gemeinschaft beitragen und werde zu den Grenzwächtern gehen. Es sind nur zehn Jahre. Die Zeit wird schnell vergehen. Und wer weiß, vielleicht bin ich ab und zu hier, wenn ich einen Auftrag habe, der mich in diese Gegend verschlägt."

Ich schaue meiner Mutter fest in die Augen. Ich kann Tränen in ihren Augenwinkeln erkennen, jedoch hält sie diese zurück. Sie wird ausgiebig weinen, wenn ich weg bin, und ich habe ein schlechtes Gewissen ihr gegenüber. Indes steht mein Entschluss fest. Wenn es nach meinem Vater geht, würde ich Bogenbauer werden wie er selbst. Sicherlich, ich bin in der Lage, mir einen vernünftigen Bogen zu bauen, und es macht mir auch Spaß, mich mit dem Holz zu beschäftigen. Ich fühle jedoch eine Rastlosigkeit in mir, die ich nicht erklären kann. Ich möchte mein Leben nicht mit der Suche nach dem perfekten Bogen vergeuden. Ich habe immer wieder versucht, die beiden davon zu überzeugen, dass das friedliche Leben, das sie führen, nur durch die Arbeit der Krieger im Grenzland überhaupt möglich ist.

Letztlich müssen beide meine Entscheidung akzeptieren, auch wenn sie nicht glücklich darüber sind.

Ich begebe mich am Vorabend der Abreise in unser Esszimmer. Meine Mutter hat für uns drei gekocht, sodass wir an diesem Abend nicht mit den anderen in der Speisehalle essen. Der Abend vergeht in einer angespannten Stille. Meine Mutter spricht kein Wort, mein Vater versucht zwar, die Stimmung etwas aufzuheitern, jedoch misslingt ihm dies. Wir gehen nach dem Essen früh zu Bett.

Die Verabschiedung von meinen Eltern am folgenden Morgen geht schnell. Das meiste ist schon gesagt.

„Macht euch keine Sorgen. Ich werde dort nicht alleine meinen Dienst tun. Es sind jede Menge Krieger in der Festung. Mir kann also nichts passieren."

„Ich bitte dich, pass' auf dich auf."

„Das verspreche ich euch. Außerdem werde ich ja in einigen Jahren wiederkommen. Und wer weiß, ab und zu kommen hier ja auch Grenzwächter vorbei, um dem Hohen Rat Informationen zu bringen. Vielleicht bin ich ja zwischendurch sogar auf Besuch hier."

Mein Vater ist nicht begeistert, gleichwohl kann man aus seinen Worten einen gewissen Stolz heraushören, seinen Sohn bei den Grenzwächtern zu wissen. „Wenn wir dich schon nicht umstimmen können, so bitte ich dich, dort dein Bestes zu geben. Bitte, geh keine unnötigen Risiken ein. Deine Mutter ist nicht glücklich und es wird hier einsam sein ohne dich. Immer wieder verliert unser Volk Wächter an die Trolle, Goblins oder andere Ungeheuer, die unser Land bedrohen."

Ich mache mir deswegen zwar keine Sorgen, aber meine Worte beruhigen meine Eltern nicht wirklich.

Aranáreb mischt sich ein: „Mach dir nicht so viele Gedanken, Teleria. Sil'ir kann sehr gut auf sich aufpassen. Er ist einer der besten Schwertkämpfer, die ich in den letzten Jahrhunderten ausbilden durfte.

Ihm wird nichts passieren."

Aranáreb beruhigt meine Eltern damit, dass ich ein guter Kämpfer bin und ich sicherlich im Grenzland bestehen werde. Ich sehe dennoch in ihren Gesichtern, dass das nicht viel hilft und sie mir zu liebe so tun, als würden Aranárebs Worte sie beruhigen.

Da wir zu Fuß unterwegs sind, werden wir sicherlich zwanzig Tage bis in die Grenzregion benötigen.

Pferde nutzen wir im Kernland nicht. Das Gebiet ist zu unwegsam, um die Tiere vernünftig einsetzen zu können. Pferde sind dem Grenzland vorbehalten. Dort, im Rotasalin, lichtet sich der Wald und auch die Berge werden flacher. In den lichten Wäldern des Westens können wir als Reiter die Ungeheuer, die sich dort gelegentlich blicken lassen, jagen und zur Strecke bringen. Hier im Wald würden sie uns nur behindern.

Etwas Proviant nehmen wir mit, den Rest werden wir uns unterwegs besorgen. Wir reisen nur zu zweit, denn diesen Weg muss ich ohne meine Familie antreten. Am Beginn unserer Reise treffen wir noch auf Mitglieder meiner Sippe.

„Hallo Aranáreb!", ruft Kelalan, einer der Jäger, uns entgegen. „Wieder auf Ausbildungstour mit unserem Sil'ir?"

„Nein, ich bringe ihn zur Grenzfeste. Er wird in den nächsten Jahren dort in der Wache seinen Dienst tun."

Etwas enttäuscht erwidert Kelalan: „Das ist sehr schade. Wir hatten gehofft, dass Sil'ir sich uns anschließt. Aber dann soll es so sein. Ich wünsche dir alles Gute dort. Sorge dafür, dass wir es hier nur mit Wild und nicht mit Goblins und anderem Gezücht zu tun bekommen." Lachend wirft er uns einen Hasen rüber. „Hier, eine kleine Stärkung für die Reise."

Ich fange den Hasen mit einem kleinen Seitenschritt auf. Wir nehmen die Gabe gerne entgegen. „Danke Kelalan, wir wissen das zu schätzen, allerdings müssen wir weiter und haben leider keine Zeit für eine gemeinsame Rast."

„Macht nichts, ich möchte meine Beute auch loswerden. Alles Gute ihr zwei."

So trennen wir uns wieder und gehen unserer Wege. Nach dieser Begegnung sind wir nur noch alleine unterwegs.

Ich genieße die Unbeschwertheit der Reise, ist es doch für mich für lange Zeit die letzte, die in friedlicher Absicht getan wird.

In den kommenden Jahren werde ich bei jeder Patrouille, bei jedem Wachgang mit Angriffen von allen möglichen Unholden rechnen müssen. Eine mir bis jetzt unbekannte Aufregung überkommt mich bei diesen Gedanken. Es ist tatsächlich so weit. Ich beginne nicht nur ein neues Leben. Ich begebe mich in ein Abenteuer.

Abends, wenn wir unser Lager einrichten, trainieren wir noch etwa eine Stunde mit dem Schwert. Natürlich finden die Kämpfe nicht auf Leben und Tod statt, wie in dem Kampf vor unserem Aufbruch.

„Du könntest mir schon ein wenig erzählen. Schließlich warst du früher doch auch bei den Grenzwächtern.

Was erwartet mich denn dort? Welche Aufgaben wird es dort für mich geben? Wie ist das Leben in der Feste?" Ich löchere Aranáreb mit Fragen nach den Grenzwächtern. Die grundsätzliche Aufgabe der Grenzwache kenne ich natürlich, aber ich würde gerne mehr über die Lebensweise im Grenzland erfahren.

Der Schwertmeister gibt mir keine erschöpfende Auskunft. „Du wirst dich gedulden müssen. Ja, ich war dort. Ich habe mich ebenfalls für zehn Jahre verpflichtet. Es war ein geruhsames Leben, denn die Goblins, die uns an der Grenze behelligen, sind der Rede nicht wert. Den Rest wirst du selbst herausfinden müssen."

Naja, ich habe nicht wirklich eine andere Antwort erwartet. Trotzdem habe ich mir mehr gewünscht. Ich versuche es noch ein wenig, könnte aber genauso gut versuchen, einen Stein dazu zu bringen, sich in Morgentau zu verwandeln.

Da wir gut vorankommen, benötigen wir tatsächlich nur die angepeilten zwanzig Tage, bis der Wald sich lichtet und die Ebene beginnt.

Seit einigen Tagen sind wir immer bereit, uns zu verteidigen, da wir uns weit von den bewohnten Gebieten unseres Landes entfernt haben und nicht wissen, was uns hier draußen erwartet. Ich bin fest entschlossen, mir vor Aranáreb keine Blöße zu geben, und beobachte die Gegend aufmerksam.

Doch unsere Grenzwächter versehen ihren Dienst so zuverlässig, dass keiner der Unholde auch nur einen Fuß in unser Land setzen kann.

Grenzwache

Am frühen Abend erreichen wir die Grenzfestung, in der ich Dienst tun werde. Schwarz hebt sich das Bauwerk gegen den Abendhimmel ab. Die untergehende Sonne taucht das Gemäuer in dunkle Schatten. Für mich ist der weite Blick, den wir in dieser Gegend haben, sehr ungewohnt. Die Festung selbst ist anders als unsere Bauten im Kernland vollständig aus Stein errichtet. Die Region um die Anlage ist vollkommen baumfrei, was mich zuerst etwas irritiert. Nicht nur, dass sämtliche Bäume gefällt worden sind, anders als bei uns im Kernland gibt es hier auch keine bewaldeten Berge. Viel von der Umgebung bekomme ich aber auch nicht zu sehen, denn Aranáreb führt mich auf direktem Wege zum Tor der Festung.

„Sieht sehr bedrohlich aus, die Feste. Ich hoffe, dass es im Inneren etwas behaglicher ist", murmle ich leise vor mich hin.

Aranáreb hat allerdings ein scharfes Gehör und brummt mir eine kurze Antwort zu. „Sie soll ja auch abschrecken!"

Da es langsam dunkel wird, kann ich nur den Schatten der Wehrmauer sehen, der drohend vor mir aufragt. Einzelheiten der Mauer bleiben mir verborgen. Als wir das Tor erreichen, entdecke ich zwei Elfen, die davor Wache halten. Beide sind in eine leichte Lederrüstung gekleidet und halten zusätzlich zu Schwert und Bogen auch noch eine lange Lanze. Das Tor selbst besteht aus zwei massiven Eichenflügeln und ist verschlossen. Keinerlei Verzierungen sind auf den Torflügeln zu sehen. Aranáreb begibt sich zu den beiden, ich folge ihm mit etwas Abstand.

„Seid gegrüßt." Er schüttelt beiden die Hände.

„Hallo Aranáreb. Was treibt dich denn hierher?" Offensichtlich kennen die drei sich.

„Möchtest du dich uns wieder anschließen oder kommst du nur auf einen Höflichkeitsbesuch vorbei?"

„Ich bringe euch einen neuen Rekruten." Er bedeutet mir, zu ihnen heranzukommen. „Das ist Sil'ir. Ich habe ihn aus dem Vocaru hierher begleitet. Er hat sich entschieden, den Zehnjahresdienst bei euch zu leisten."

Beide strecken ihre Hände aus und begrüßen mich. „Aus dem Kernland kommst du? Von dort war schon lange niemand mehr hier bei uns." Beide mustern mich neugierig. „Willkommen!"

Wir werden in einen seitlichen Anbau gebeten – vermutlich dient er für die Wachen als Unterstand bei Regen – und sollen etwas warten, wir werden gleich abgeholt. Nach wenigen Minuten kommt ein Elf in einer Art Uniform zu uns. Auch er trägt Lederrüstung, zusätzlich aber zwei Schulterklappen, auf denen ein Zeichen zu sehen ist, welches mir aber nicht viel sagt.

Er stellt sich uns als Elodiron, der erste Patrouillenführer, vor. „Seid willkommen in der Westfeste. Ich soll euch zu Kildare bringen."

Kildare ist die oberste Grenzwächterin, die darüber zu bestimmen hat, ob ich der Grenzwache beitreten werde oder nicht.

Die Torflügel öffnen sich vollkommen lautlos und wir schreiten durch die Öffnung. Drei große Schritte benötige ich, um zu passieren. Die Mauer ist erstaunlich dick.

Wir überqueren einen Sandplatz und nach etwa zehn Metern kommt eine weitere Mauer, deren Tore jedoch offen stehen. Auch diese innere Mauer ist gut drei Meter dick.

Danach stehen wir auf einem freundlichen, von grünen Rasenflächen und Blumenbeeten gesäumten Weg. Der Weg führt schnurgerade zum Haupthaus der Anlage.

Im unteren Stockwerk sind keine Fenster zu finden und auch Türen kann ich nicht erkennen. Ein hölzernes Podest mit einer breiten, ebenfalls aus Holz bestehenden Treppe führt von außen in den ersten Stock. Dort befindet sich eine große Eingangstür. Ab hier findet man auch viele Fenster und kleine Erker. Verspielte Türmchen ragen an den Ecken auf. Es scheint, als würde das Gebäude erst in drei Metern Höhe beginnen. Darunter ist nichts als Fels und Stein zu erkennen. Nicht einmal ein Abflussschacht ist zu sehen.

Zu meiner Linken befinden sich die Stallungen, die sich an die innere Mauer lehnen. Auf der anderen Seite steht ein großes, u-förmiges Gebäude mit vielen Fenstern.

Unser Weg führt uns ohne Umwege direkt zu dem Haupthaus am Ende des Weges, der vom Tor in gerader Linie dorthin führt. Wir steigen die Treppe hoch und stehen wieder vor zwei Wachen. Ein männlicher und eine weibliche Elfe bewachen die Tür.

Aranáreb lacht kurz auf: „Hallo Kariber, hallo Fran'Entar! Ich dachte, ihr seid schon längst wieder zu Hause."

„Im letzten Jahr sind wir, aber wir haben schon überlegt, ob wir nicht noch weitermachen sollen. Sei gegrüßt Aranáreb." Der Elf mit dem Namen Fran'Entar eilt uns entgegen und umarmt Aranáreb.

Die Elfe, Kariber, tut es ihm gleich. Sie kennen sich wohl schon lange und ich fühle mich ein klein wenig fehl am Platze.

Die beiden salutieren anschließend stumm vor Elodiron, der den Gruß lässig erwidert, und wir treten durch die Tür. Wir kommen in eine Empfangshalle. Anders als die Räumlichkeiten bei uns zu Hause ist diese sehr nüchtern ausgestattet. An den Wänden stehen ein paar Stühle, zu meiner Rechten steht ein Tisch mit zwei Wasserkrügen und einigen Bechern.

An der gegenüberliegenden Wand befindet sich eine Tür und links neben dem Tisch mit den Erfrischungen gibt es eine weitere, die allerdings wesentlich kleiner ausfällt.

Wir werden gebeten, uns zu erfrischen und einen Augenblick zu warten. Elodiron verschwindet durch die Tür und wir setzen uns. Es dauert nicht lange, da kommt er zurück und bittet Aranáreb, ihn zu begleiten. Ich stehe auch auf, werde aber gebeten mich noch zu gedulden. Also setze ich mich und warte. Und warte. Und warte. Und warte…

Dieses Mal dauert es deutlich länger – zumindest wenn ich meinem Zeitgefühl trauen kann –, dann kommen die beiden zurück und ich werde gebeten, in den nächsten Raum zu gehen. Ich komme in einen kleinen, fensterlosen Raum. Nur der Schein zahlreicher Kerzen und Öllampen sorgt für Licht. Ich fühle mich hier nicht wohl. Die Enge des Raumes und die fehlenden Fenster haben etwas Beklemmendes. Links und rechts befinden sich weitere Türen. Mir gegenüber steht ein kleiner Schreibtisch, dahinter sitzt eine Elfe.

Sie ist schlank und schon etwas älter, ich schätze so um die vierhundert Jahre und hat hellbraunes Haar, was zu einem Pferdeschwanz gebunden ist.

Vor ihrem Schreibtisch steht ein Stuhl und mit einer Geste gibt sie mir zu verstehen, darauf Platz zu nehmen. Vorsichtig setze ich mich. Hinter ihr bedeckt ein schwerer Wandvorhang die ansonsten kahle Steinmauer.

„Sei gegrüßt Sil'ir", spricht sie mich an. Ihre Stimme hat einen warmen, beinahe schon weichen Klang, der so gar nicht zu dem erdrückenden Raum passt. „Willkommen bei der Grenzwache. Ich bin Kildare, Kommandantin dieser Grenzfestung."

Ich grüße höflich zurück, muss aber zugeben, dass die Aufregung meine Stimme etwas brüchig macht.

Ich frage mich insgeheim, ob ich nicht vielleicht noch einen Test bestehen müsste, um aufgenommen zu werden.

Diese Frage scheint in mein Gesicht geschrieben zu stehen, denn sie beantwortet sie, ohne dass ich sie gestellt hätte: „Nein, das musst du nicht. Aranáreb hat für dich gesprochen und das reicht mir vollkommen. Ich habe aber eine Frage an dich, bevor ich dich in unser Wachbuch eintrage." Sie lehnt sich entspannt in ihrem Stuhl zurück. „Wieso? Warum willst du bei den Grenzwachen dienen?"

Die Frage irritiert mich, denn ich dachte, das sei klar. Ich antworte also logisch: „Um meinem Volk ein friedliches Leben im Kernland zu ermöglichen!"

Im selben Moment, als ich das sage, merke ich jedoch, dass dies nicht der alleinige Grund ist, und ich unterbreche mich.

Meine Erkenntnis erstaunt mich selbst, aber der eigentliche Grund ist tatsächlich, dass ich einfach etwas erleben möchte. Ich möchte nicht mein Leben lang im Kernland sitzen. Ich möchte die Welt kennenlernen und Abenteuer erleben, so einfach ist das.

Auch Kildare scheint das schon zu wissen, hakt aber nach: „Bist du sicher, dass dies der einzige Grund ist und es nicht noch andere gibt?"

Ich denke nun etwas länger über die Frage nach und antworte ehrlich: „Nun ja, eine gewisse Abenteuerlust war mir schon immer zu eigen. Das friedliche Leben im Kernland hat mich nicht sonderlich gereizt. Ich bin überzeugt, dass es da mehr geben muss."

Ein Lächeln huscht über ihr Gesicht. „Ich freue mich, dass du mir die korrekte und ehrliche Antwort gibst. Kein Elf ohne eine gewisse Lust auf das Unbekannte begibt sich in den Dienst der Grenzwache. Diese Abenteuerlust ist notwendig, um hier zu bestehen."

Mit diesen Worten reicht sie mir ein Buch, in das ich meinen Namen eintrage und mich mit meiner Unterschrift verpflichte, die nächsten zehn Jahre Dienst zu tun.

„Du darfst gehen. Bitte begib dich in den Vorraum zurück und warte auf Hauptmann Leutherion. Dieser wird dich zu deiner neuen Unterkunft begleiten und dir erklären, was du wissen musst.".

Aranáreb hat in der Eingangshalle auf mich gewartet. Er wird die Nacht noch hier verbringen, sich aber Morgen in aller Frühe auf den Rückweg machen. So nutzen wir die Zeit, bis der Hauptmann kommt, um uns zu verabschieden.

„Sil'ir, ich weiß, dass es für dich nun in das Unbekannte geht. Aber du bist dem gewachsen. Ich wünsche dir alles Gute. Gib auf dich acht und komme sicher nach Hause." Mit diesen Worten verlässt er den Raum.

Dann sitze ich alleine dort und warte – mal wieder. Nach einiger Zeit kommt ein Elf, der sich mir als Hauptmann Leutherion vorstellt. Er ist groß gewachsen mit hellbraunem Haar.

Waffen trägt er keine bei sich, wobei ich mich über mich selbst wundere. Warum sollte er auch bewaffnet sein? Wir befinden uns mitten in der Festung. Da werden Waffen wohl eher nicht benötigt.

„Ich grüße dich, Rekrut Sil'ir. Willkommen in der Westfestung. Ich bin Leutherion, Hauptmann eines Patrouillentrupps und ab sofort dein Truppführer. Heute werde ich dir erst einmal nur dein Quartier zeigen. Alles Weitere kommt dann morgen früh."

Wir verlassen das Gebäude und gehen auf das u-förmige Steinhaus zu, das mir vorhin schon aufgefallen ist. Es ist zwei Stockwerke hoch und hat zahllose Fenster. Sogar zwei Bäume stehen vor der Eingangstür Spalier.

Hauptmann Leutherion zeigt mir mein Zimmer. Zwei Betten und ein Tisch mit zwei Stühlen stehen in diesem Raum. Zwei kleine Schränke am Fußende der Betten vervollständigen die Einrichtung. Wir Rekruten nutzen immer zu zweit ein Zimmer. Ich bin jedoch erst einmal alleine, da mein Zimmerpartner derzeit auf einer Patrouille unterwegs ist.

Diese kann durchaus mehrere Tage bis Wochen dauern und somit habe ich das Zimmer erst einmal für mich und kann mich ausbreiten. Nicht dass ich viele Sachen hätte, die ich ausbreiten könnte.

„Was für Waffen führst du?", werde ich noch vom Hauptmann gefragt und ob ich noch welche bräuchte.

„Ich kann mit dem Schwert und dem Bogen umgehen", erwidere ich. Da ich meine eigenen Waffen mitgebracht habe, ist es für den Anfang nicht notwendig, mich auszurüsten, und damit ist der Tag für mich beendet.

Ich bekomme noch ein leichtes Abendessen im Speisesaal und begebe mich dann recht schnell zu Bett, da ich vor Müdigkeit fast umfalle.

Frühes Aufstehen ist mir noch nie schwergefallen, so bin ich pünktlich bei Sonnenaufgang beim Frühstück und muss mich nicht beeilen. Der Saal ist vielleicht zu einem Drittel gefüllt und es geht eher ruhig zu. Ich werde interessiert gemustert, denn ich bin momentan der einzige Neuling hier. Ins Gespräch komme ich jedoch mit keinem, was mich nicht sonderlich stört. Muss ich die ganze Situation doch auch erst einmal verarbeiten. Ich suche mir einen Tisch, an dem ich alleine sitzen kann. So kann ich erst einmal meine Gedanken ordnen.

Anschließend begebe ich mich auf den Hof mit den beiden Eichen, wie es Leutherion mir gestern gesagt hat. Ich stelle fest, dass ich nicht der erste bin. Es stehen noch drei weitere dort.

Zwei Elfen und eine Elfe in Lederrüstung und Bewaffnung befinden sich schon auf dem Platz und unterhalten sich.

Hauptmann Leutherion ist noch nicht zu sehen und ich begrüße die drei. Sie heißen mich neugierig willkommen.

„Guten Morgen. Du musst Sil'ir sein. Der Neue." Die Elfe mustert mich von oben bis unten.

„Ja, ich bin gestern Abend hier angekommen."

„Willkommen bei uns. Du sollst unseren Trupp ergänzen und wir sollen dir helfen, dich einzufinden, und dich weiter ausbilden. Ich bin Milaileé", stellt sich die Elfe mir vor.

Die beiden anderen stellen sich mit den Namen Balladion und Oneidavas vor. Alle drei sind schon seit sieben Jahren bei den Grenzwächtern und werden nur noch drei weitere Jahre dabei sein, bevor sie wieder in ihre jeweilige Heimat zurückkehren.

Weiter kommen wir nicht, denn der Hauptmann betritt den Platz. Meine drei neuen Gefährten stellen sich in einer Linie auf und ich mache es ihnen nach.

Als ich mich auf die rechte Seite, neben Balladion, stellen will, deutet er an das linke Ende. „Du bist der Neuling, du musst dich da hinten hinstellen. Damit wird die Rangfolge festgelegt."

Neulinge und Anfänger müssen sich links aufstellen – nun, mir ist es gleich, wo ich stehe. Leutherion stellt sich vor uns und begrüßt uns militärisch zackig. Meine neuen Gefährten grüßen zurück, indem sie die rechte Hand zu einer Faust ballen und in die linke Handfläche legen. Diese nach vorne ausgestreckt scheint die Begrüßung zu sein. Ich tue es ihnen nach. Leutherion wiederholt, was er mir gestern schon mitgeteilt hat. Ich werde seiner Patrouille zugeteilt und die Mitglieder des Teams werden zuerst meine Eignung prüfen.

Das gesamte Team wird dann entscheiden, ob sie mich dabeihaben wollen.

Wir begeben uns auf einen Trainingsplatz hinter der Kaserne – so nennt man unsere Unterkunft. Der Trainingsplatz ist ein riesiges Areal mit diversen, unterschiedlichen Untergründen sowie Bepflanzungen. Ein Bereich ist mit Sand bedeckt, ein anderer mit einer schönen Rasenfläche, wiederum ein weiterer mit allerlei Unterholz. In einer Ecke sehe ich sogar eine Fläche mit felsigem Untergrund und in den Boden gerammten Holzpflöcken. Diese ragen in unterschiedlicher Höhe und auch Breite heraus. Der Trainingsbereich ist so weitläufig, dass ich vieles gar nicht sehen kann. Man teilt mir mit, dass wir uns heute auf dem Sandplatz mit meinen Schwertkünsten beschäftigen wollen.

Ich will gerade mein Schwert ziehen und mich vorbereiten, als Oneidavas kurz auflacht: „So schnell geht das nicht. Erst einmal kommt das Ausdauertraining dran." Ein gehässiges Grinsen umspielt seine Mundwinkel und mir schwant, dass das Training hier nicht leichter sein wird als die Stunden mit Aranáreb.

Es steht Laufen auf dem Trainingsplan. Leutherion ist an der Spitze und wir rennen hinterdrein, immer ihm nach, um den Sandplatz herum. Ich laufe als letztes in der Reihe. Nach zwei Runden bleibt der Hauptmann stehen und verlangt von uns zwanzig Liegestütz – puh, jetzt wird es anstrengend. Danach laufen wir weitere zwei Runden, dann wieder Liegestütz und so weiter. Als ich schon befürchte, dass meine Lunge kollabiert und meine Armmuskeln zerreißen, ist das Lauftraining beendet.

Ich könnte jetzt eine kleine Erfrischung vertragen, aber Milaileé zieht ihr Schwert und bedeutet mir, es ihr gleich zu tun. „Keine Pause, Sil'ir. Die bekommst du auch nicht, wenn wir auf Patrouille im Grenzland unterwegs sind."

Mit brennenden Muskeln bin ich kaum in der Lage, mein Schwert in die richtige Position zu bringen, als sie mich sogleich angreift. Sie scheint kaum außer Atem zu sein, während ich nach Luft schnappe wie ein Fisch auf dem Trockenen. Auch fällt mir auf, dass wir keineswegs mit Trainingsschwertern arbeiten, sondern mit richtigen Klingen. Ihre Angriffsfolge ist mir bekannt, daher vermute ich einen Trick darin.

Kurze Schläge seitlich oben links, oben rechts und dann dasselbe unten sind absolute Anfängerbewegungen. Ich habe selbstverständlich keinerlei Schwierigkeiten, diese zu parieren. Das haben wir in meinen ersten Stunden im Kampfunterricht geübt.

Leider erwischt sie mich schon beim zweiten Durchgang, obwohl ich nach einer Finte Ausschau gehalten habe. Sie macht, für diese Übung vollkommen ungewöhnlich, beim zweiten Schlag einen Doppelschritt statt eines einfachen Vorwärtsschritt. Damit überrennt sie mich beinahe, ich komme ins Stolpern und schlage rückwärts hin. Statt aufzuhören und mir eine Chance zu geben, wieder auf die Füße zu kommen, kommt ein hinterhältiger Stich auf mich zu, dem ich nur entgehen kann, indem ich mich nach links zur Seite rolle.

Hier wird der Kampf abgebrochen und mir wird meine erste Lektion erklärt: „Wenn wir im Grenzland unterwegs sind, werden unsere Feinde uns keine Gelegenheit geben, uns zu erholen oder auch nur Luft zu schnappen.

Ebenso werden sie im Kampf jede Gelegenheit nutzen, uns zu besiegen. Ob wir bewaffnet sind oder am Boden liegen, spielt keine Rolle. Dafür müssen wir gewappnet sein und uns jeder Zeit verteidigen können."

Mit dieser Standpauke von Leutherion ist das vormittägliche Training beendet. Wir dürfen uns waschen und etwas essen. Nach dem Mittag erwartet Leutherion uns wieder hier auf dem Sandplatz. Dieses Mal nicht mit scharfer Bewaffnung, sondern mit unserer Trainingsausrüstung. Auf meine Frage hin, wo ich die denn herbekomme, meint Balladion, er zeigt es mir nach dem Essen.

Als wir in den Speisesaal kommen, ist dieser schon gut gefüllt. Wir begeben uns an die Essensausgabe. Es gibt Wild mit frischem Brot und ein weißes Gemüse, welches ich nicht kenne. Nach dem anstrengenden Vormittag schmeckt es mir sehr gut und das kühle, klare Wasser erfrischt mich. Wir unterhalten uns nicht sehr ausgiebig. Ich nutze die Zeit, wieder zu Kräften zu kommen.

Nach dem Essen führt Balladion mich durch lange Gänge bis in einen großen Raum. Hinter einem Tresen sitzt ein alter Elf – ein wirklich alter Elf. Ich bin nicht sicher, ob ich jemals einen derart Hochbetagten gesehen habe. Er muss weit über eintausend Sommer erlebt haben. Das Alter hat ihm eine gebeugte Statur gegeben und die wenigen Haare, die er noch hat, sind schlohweiß.

Balladion wartet, bis der Alte aufblickt. „Sei gegrüßt, Sadr'Ariel", spricht er den Alten respektvoll an.

Als der Alte antwortet, läuft mir ein Schauer über den Rücken. Seine Stimme ist rau, brüchig und sehr leise. Ich korrigiere meine Altersschätzung um das Doppelte nach oben.

„Hallo, Balladion. Was führt dich zu mir? Hast du mal wieder dein Schwert zerbrochen?"

Grinsend schüttelt mein Begleiter den Kopf. „Nein, zur Abwechslung einmal nicht. Wir benötigen einen Satz Trainingswaffen für unseren neuen Rekruten Sil'ir."

Der Alte schaut mich mit strenger Miene an. „Hallo Sil'ir. Ich heiße dich hier willkommen. Aber ich möchte dich vorwarnen. Wenn du genauso nachlässig mit deinen Waffen umgehst, wie unser Balladion hier, dann bekommst du es mit mir zu tun – haben wir uns verstanden?"

Der alte Zeugwart mag einen gekrümmten Rücken haben, aber er hat eine Ausstrahlung, die einem Respekt einflößt. Ich kann nur knapp bestätigen, dass ich sehr wohl verstanden habe und immer ordentlich mit meinen Waffen umgehen werde.

„Du kommst aus dem Vocaru, nicht wahr? Haben lange niemanden mehr von da gehabt. Sind sich zu fein für den Dienst im Grenzland und können meistens nicht einmal mit ihrem eigenen Schwert umgehen, geschweige denn mit den anderen Waffen. Mal sehen, ob du was taugst." Sadr'Ariel verschwindet in dem riesigen Magazin.

Ich schaue Balladion etwas ratlos an.

„Keine Sorge, er ist zu jedem so schroff. Im Herzen ist er jedoch ein gutmütiger Kauz."

Nach wenigen Minuten kommt Sadr'Ariel wieder und bringt mir meine Ausrüstung.

Dazu gehören eine neue Lederrüstung, ein Langschwert aus Holz sowie ein Holzstab, etwa so groß wie ich selber. Handschuhe und weiche Lederstiefel sind auch dabei. Eine kleine Tasche mit Besteck, ein hölzerner Becher, ein Wasserschlauch, Feuerstein und Zunder vervollständigen das Paket. Wortlos legt er die Sachen vor mir ab und verschwindet wieder in den hinteren Teil seines Reiches.

Balladion bedeutet mir, die Dinge einzupacken und zu gehen.

Wir verlassen die Waffenkammer und suchen unsere jeweiligen Zimmer auf. Mein Gefährte teilt mir mit, dass ich für den Nachmittag lediglich die vollständige Rüstung und das Holzschwert benötige. Alles andere kann ich in meinem Zimmer lassen.

Ich lege die Rüstung an und fühle ich sehr wohl darin. Meine Beweglichkeit ist in keiner Weise eingeschränkt. Sie besteht aus einer feinen Lederjacke mit verstärktem Brustteil, einer Lederhose, in die im Bereich der Ober- und Unterschenkel Verstärkungen eingenäht sind. Jacke und Hose sind an den Ellenbogen und Knien mit kleinen Schnüren versehen. Damit ist eine uneingeschränkte Bewegungsfreiheit möglich. Alles passt, als sei es extra für mich angefertigt worden. Dazu kommen die Schuhe und Handschuhe sowie zwei Schulterklappen. Diese sind mit einer Art Halskrause versehen, die mein Genick schützen soll. Ich gestehe, ich fühle recht wohl in dieser Kleidung. Mein Holzschwert schnalle ich mir ebenfalls um – okay, nun fühle ich mich albern – und begebe mich wieder auf den Trainingsplatz.

Den Verlauf dieses Nachmittags zu schildern, erspare ich mir an dieser Stelle. Ich bin nicht sicher, ob ich morgen früh aus dem Bett kommen werde. Die Lederkleidung schützt wirklich gut, aber ich glaube nicht, dass ich noch eine Stelle am Körper habe, die nicht grün und blau geschlagen wurde.

Ich dachte, dass ich in meinen jahrelangen Trainingsstunden mit Aranáreb ein ganz passabler Schwertkämpfer geworden bin. Jedoch läuft das Training hier ganz anders ab. Hier wird unter realen Bedingungen trainiert, ähnlich wie der letzte Kampf im Wald, bevor wir aufgebrochen sind. Das bedeutet für mich, wenn ich stolpere, stürze oder die Waffe verliere, dann wird darauf keine Rücksicht genommen.

Wie in einem echten Scharmützel werde ich angegriffen und muss sehen, wie ich zurechtkomme. Ich fange mit meinem Training sozusagen noch einmal komplett von vorne an und ich kann gar nicht zählen, wie häufig ich an diesem Nachmittag ‚gestorben' bin. Das war eine sehr ernüchternde Erfahrung.

Training

Als der nächste Morgen graut, schlage ich die Augen auf und muss im ersten Moment überlegen, ob ich noch am Leben bin. So wie mir mein Körper weh tut, muss das wohl der Fall sein. Stöhnend verlasse ich das Bett und ziehe mich an. Da die Trainingsrunde heute direkt nach dem Frühstück losgehen soll, lege ich gleich meine Rüstung an und nehme die Waffen mit zum Frühstück.

Bevor ich gestern wie tot ins Bett gefallen bin, habe ich die Ausrüstung untersucht, die ich von Sadr'Ariel bekommen habe. Ich habe tatsächlich ein kleines Messer – natürlich ebenfalls aus Holz – darin gefunden. Dieses verstecke ich in meinem Stiefel. Es wurde mir zwar ausdrücklich gesagt, wieder nur das Schwert mitzubringen, aber wenn es auf der anderen Seite darum geht, mit allen Mitteln zu überleben, dann werde ich es eben auch damit versuchen.

Die blauen Flecken in meinem Gesicht kann ich nicht verstecken. Ich versuche, mir beim Gang zum Speisesaal meine Schmerzen nicht anmerken zu lassen. Ob es mir gelingt, kann ich nicht beurteilen. Ich glaube aber, dass ich ziemlich herumeiere. Die grinsenden Gesichter und das Getuschel an den Tischen belegen es.

Sadr'Ariel hat es gestern angemerkt und auch im Training sowie beim Abendessen habe ich es immer wieder vernommen: Die Sippen aus dem Vocaru haben bei den Grenzwächtern keinen allzu guten Ruf. Von dort kommen nur wenige Freiwillige, die sich für ein paar Jahre hier zum Dienst verpflichten, und man traut ihnen nichts zu. Wir seien verweichlicht und nicht für die Grenzregion zu gebrauchen.

Ich kann ihnen keinen Vorwurf machen.

Tatsächlich fällt mir außer Aranáreb niemand ein, der aus unserer Sippe im Grenzland Dienst getan hat. Auch haben alle anderen versucht, mich umzustimmen und mir das geruhsame Leben im Kernland nahe zu bringen. Ich habe mir fest vorgenommen, ihnen das Gegenteil zu beweisen. Ich werde nicht schon nach dem ersten Tag über schmerzende Knochen klagen – heil sind sie schließlich ja noch. Glaube ich zumindest.

Zum Frühstück setze ich mich zu meiner Gruppe. Sie wird gebildet aus Balladion, Oneidavas, Milaileé und Leutherion, unserem Hauptmann. Der sechste im Bunde ist zur Zeit nicht anwesend. Delavar ist auf einem Botengang unterwegs und wird frühestens in zwei Wochen zurück erwartet. Während ich zu unserem Tisch gehe, höre ich das abfällige Gemurmel der anderen.

Milaileé grinst mich an und meint: „Mach dir nichts draus, die meisten vergessen, dass es ihnen am Anfang nicht anders ging als dir. Du kannst dir sicher sein, die am lautesten reden, die haben die größte Prügel bezogen."

Die aufmunternden Worte und auch die allgemeine Akzeptanz, die mir meine Gruppe zuteilwerden lässt, sorgen dafür, dass die Schmerzen weniger werden.

Nach dem ausgiebigen Frühstück geht es weiter – Leutherion hat es nicht eilig mit der Trainingseinheit. Wieder beginnt das Training mit der Lauferei. Auch vor den Liegestütz werden wir nicht verschont. Nach den ersten zwanzig Runden bin ich mir nicht sicher, wie ich die nächsten überleben soll. Irgendwie geht es – bloß nicht aufgeben.

Das Kampftraining unterscheidet sich nicht von dem gestrigen. Es steht Zweikampf Mann gegen Mann auf dem Plan. Wobei meine Gefährten es deutlich einfacher haben als ich. Sie dürfen sich damit abwechseln, auf mich einzuprügeln.

Mir wird keine Pause gegönnt. Jetzt, da ich vorbereitet bin und keine fairen Kämpfe erwarte, schlage ich mich schon etwas besser. Ich habe gegen die drei allerdings immer noch keine Chance, dennoch kann ich deutlich mehr Hiebe parieren und ihnen etwas häufiger ausweichen als gestern.

Ich kann indes nicht behaupten, dass ich weniger Schmerzen als gestern Abend habe. Wie soll ich mich im Grenzland behaupten, wenn meine Kameraden es schon so leicht haben, mich derart kaputt zu machen? Der Gedanke huscht mir immer wieder durch den Kopf.

Kurz vor der Mittagszeit kann ich das Schwert in meiner Rechten nicht mehr halten. Da Milaileé mich weiterhin unbarmherzig traktiert, bin ich gezwungen, die Waffe in die Linke zu wechseln. Meine linke Hand habe ich beim Training zu Hause immer vernachlässigt, da es mir mit der rechten einfacher fiel. Dies rächt sich nun und Milaileé jagt mich förmlich über den Sandplatz.

Dann stolpere ich, schlage hin und mir wird das Schwert aus der Hand gefegt. Sie holt zu einem vernichtenden Schlag aus und ich erinnere mich in meiner Verzweiflung an den Dolch, den ich im Schuh versteckt habe. Dafür reicht die Kraft meiner rechten Hand gerade noch aus. Blitzschnell ziehe ich ihn, richte mich auf und ramme ihr den Dolch in den Leib, nur theoretisch natürlich.

Zu ihrem Schlag kommt sie dadurch nicht mehr und ich habe meinen ersten Kampf gewonnen. Mit einem Lächeln im Gesicht hilft sie mir hoch. Ich bin etwas irritiert. Ich habe nur gewonnen, indem ich die Regeln gebrochen habe – nicht mit dem Schwert habe ich gewonnen, sondern mit einer Waffe, die ich gar nicht hätte dabeihaben dürfen.

„So so, was waren denn die Anweisungen für den heutigen Trainingstag?" Leutherion kommt auf mich zu.

„Ich glaube, mich zu erinnern, gesagt zu haben, nur das Schwert sei zum Sandplatz mitzubringen."

Wahrscheinlich sehe ich wie ein trotziger Jungelf aus: „Du hast aber auch gesagt, dass wir mit allen Mitteln versuchen müssen, zu überleben. Dass es dort draußen keine fairen Kämpfe gibt!"

„Ja, so etwas habe ich ebenfalls gesagt", wiederholt er und ein Grinsen stiehlt sich auf sein Gesicht. Nun verstehe ich gar nichts mehr. „Seit Ewigkeiten predige ich, dass es gegen Goblins, Trolle und anderes Gezücht keinen ehrenvollen Kampf gibt, sondern nur Sieg oder Niederlage. Und irgendwann begreifen es alle. Du bist der erste seit Jahrzehnten, der das nach nur zwei Trainingseinheiten geschnallt hat. Häufig benötigen neue Rekruten zwei oder sogar vier Wochen für diese Erkenntnis. Vor allem Rekruten aus dem Kernland. Die kennen meistens nur den Schaukampf und kommen kaum damit klar – nichts für ungut, Sil'ir. Ab sofort gilt für dich: Du bewaffnest dich mit den Werkzeugen, die du brauchst oder meinst zu brauchen. Du nutzt alles, was dir einen Vorteil verschaffen kann!"

Ich gestehe, ich bin nun schon etwas stolz auf mich. Wenn ich jedoch geglaubt habe, ab jetzt geht es etwas entspannter zu, dann habe ich mich geirrt. Schon nach dem Mittag geht es in unverminderter Härte weiter. Den Stolz, der mich am Mittag überkam, haben sie mir am Nachmittag schon wieder gründlich ausgetrieben.

Wieder begebe ich mich vollkommen zerschlagen zu Bett. Immerhin halte ich beim Abendessen etwas länger durch als gestern und kann mich mit meinen Gefährten unterhalten. Viel über das, was uns draußen erwartet, erzählen sie jedoch nicht, denn dafür bin ich noch nicht bereit.

„Halte erst einmal etwas länger als nur ein paar Schwerthiebe durch." Oneidavas lacht laut auf. „Erst einmal müssen wir dich fit machen, damit wir nicht als Kindermädchen hinter dir her laufen müssen, wenn wir unterwegs sind."

Balladion stimmt in das Lachen ein. „Wir können ohnehin nicht los, bevor Delavar wieder zurück ist."

Ich erfahre ein bisschen mehr über die weiteren Abläufe hier und auch über mögliche Aufgaben, die wir bekommen. Wobei wir selten alleine, sondern immer gemeinschaftlich unterwegs sein werden. Dass Delavar ohne seinen Trupp unterwegs ist, ist eine Ausnahme. Grundsätzlich wird immer der ganze Trupp mit der Aufgabe ausgeschickt.

Das Training auf dem Sandplatz geht unverändert hart noch eine Woche weiter und ich habe den Eindruck, ich bekomme mit jedem Tag weniger Prellungen und blaue Flecke. Als nächstes begeben wir uns auf die Rasenfläche. Ich dachte, ich mache Fortschritte, bekomme abermals einen Dämpfer.

Das Gras wurde vor dem Training benässt, sodass meine Füße keinen sicheren Halt finden und ich kaum mein Gleichgewicht halten kann. Wieder nimmt die Anzahl der Prellungen zu. Auch hier triezen sie mich eine Woche lang.

Aber ich merke deutlich, dass meine Konstitution sich verbessert. Ich dachte, als ich hier ankam, ich wäre topfit – wie hatte ich mich doch geirrt. Inzwischen machen mir die täglichen Runden und auch die Liegestütz jedoch nichts mehr aus. Nach der ersten Woche hat Leutherion die Rundenzahl und damit auch die Anzahl der Stützen erhöht.

Ich falle auch nach dem Training nicht mehr wie tot ins Bett, sondern kann an der Gemeinschaft teilhaben. Inzwischen sind kaum noch abfällige Bemerkungen zu hören.

Die Gespräche im Gemeinschaftsaal drehen sich hauptsächlich um die Patrouillen, gelegentliche Scharmützel mit Goblins, ansonsten hauptsächlich um die Erfahrungen dort draußen in der Wildnis. Einige verstehen es, mit Musikinstrumenten umzugehen und an manchen Abenden lauschen wir den Liedern.

Als ich frage, wann wir eine Patrouille durchführen werden, teilt mir Oneidavas mit, dass ich vorher alle Trainingseinheiten durchlaufen muss. Solange wird der gesamte Trupp, dem ich zugeteilt worden bin, in der Feste bleiben. Zumal erwarten wir die baldige Rückkehr von Delavar.

Nach dem Rasenplatz kommt der Bereich mit dem Unterholz und den Bäumen. Dort komme ich bis jetzt am besten zurecht. Meine Heimat, das Vocaru, ist hauptsächlich eine bewaldete Gebirgslandschaft. Viele Baumwurzeln, unebenes Gelände und Gehölz, welches einen in der Bewegung behindert.

Hier habe ich zum ersten Mal die Oberhand bei unseren Kämpfen. Hier bin ich endlich einmal derjenige, der die anderen in Bedrängnis bringt – bis auf Milaileé.

Auch sie kommt aus einer baumreichen Region und wir sind uns nahezu ebenbürtig. Ich scheitere allerdings an ihrer Erfahrung. Sie trainiert nun schon fünfzig Jahre länger als ich und war natürlich bereits im Einsatz. Sie kann von den Erfahrungen, die sie im Kampf gegen die Goblins gesammelt hat, profitieren.

Dieser Trainingsplatz macht mir sehr viel Spaß, denn ich kann auch hier noch eine Menge lernen. Nun sind schon drei Wochen um und die letzten Prellungen sind beinahe abgeheilt. Vor dem Platz mit den Holzpflöcken habe ich allerdings großen Respekt.

Inzwischen glaube ich, mein Gleichgewicht sehr gut kontrollieren zu können, jedoch ist das Balancieren auf den schmalen Pfählen während eines Schwertkampfes ein anderes Thema. Ich muss mir keine Sorgen machen – zumindest vorerst nicht –, denn dieser Übungsplatz ist noch lange nicht dran.

Nach den drei Wochen auf den drei unterschiedlichen Plätzen kommt noch eine Woche, in der alle drei meiner Gefährten mich gleichzeitig angreifen – und schon sind die Prellungen und Flecken wieder da.

Nun bin ich schon vier Wochen hier und mein Zimmernachbar ist immer noch nicht wieder eingetroffen. Eigentlich sollte er schon seit zwei Wochen wieder da sein. Leutherion macht sich keine Sorgen, denn so etwas kommt vor.

Wenn jemand auf eine Mission geschickt wird, kann man die Rückkehr nicht vorhersagen. Häufig bekommt er an seinem Zielort weitere Aufgaben, die die Rückkehr hinauszögern.

Am Ende der vier Wochen werde ich zu Kildare beordert. Sie teilt mir mit, dass der erste Teil meiner Ausbildung beendet ist und ich jetzt letztmalig die Möglichkeit habe, mich gegen den Dienst zu entscheiden. Ich könnte auf meinen Wunsch hin aus dem Dienst entlassen werden. Wenn ich weitermache, habe ich für die nächsten zehn Jahre keine Gelegenheit mehr dazu. Dann bin ich Grenzwächter mit allen Rechten und Pflichten, die dazugehören.

Mir tun zwar immer noch die Knochen weh, aber zurück zu dem langweiligen Leben im Kernland – auf keinen Fall. Da nehme ich lieber das Leben hier in Kauf. Das sage ich der obersten Grenzwächterin und ernte dafür ein billigendes Kopfnicken. Daraufhin entlässt sie mich mit der Aufgabe, Leutherion auszurichten, dass sein Trupp morgen früh bei ihr antreten soll. Das tue ich natürlich umgehend.

Als mein Kommandant das hört, freut er sich sichtlich. Er teilt mir mit, dass wir wohl nicht weiter auf Delavar warten werden, sondern eine Aufgabe erhalten und ich mein Können im Einsatz beweisen kann.

Die erste Mission

An diesem Morgen rüste ich mich nicht wie in den vergangenen Wochen mit meinen Übungswaffen aus. Dieses Mal nehme ich mein richtiges Schwert sowie Pfeil und Bogen mit, ebenso die komplette Marschausrüstung. Das bedeutet Kochgeschirr, eine Zeltplane, eine kleine Verbandstasche und noch viele weitere Dinge, die in der Wildnis notwendig sein können.

Nach dem Frühstück begeben wir uns direkt zu Kildare. Sie erwartet uns und wir nehmen vor ihr Aufstellung. An ihrem Gesicht kann ich erkennen, dass es eine ernste Angelegenheit ist, wegen der sie uns herbeordert hat. Tatsächlich schickt sie uns, wie Leutherion es gestern schon vermutet hat, auf eine Mission.

„Guten Morgen. Ihr seid hier, weil ich euch mit einer Aufgabe betrauen möchte. Ich weiß, ihr seid noch nicht soweit, auf Patrouille zu gehen." Sie schaut mich intensiv an. „Da es euch aber direkt betrifft, denke ich, dass ihr die Richtigen seid, sie zu übernehmen."

Sie hat uns ausgewählt, obwohl ich noch mindestens einen Monat länger hier vor Ort die Grundausbildung absolvieren müsste. Das heißt, es muss in der Tat sehr wichtig sein. Die Miene von Kildare verheißt nichts Gutes und mir ist flau im Magen. Auch Leutherion macht ein besorgtes Gesicht.

„Euer sechstes Gruppenmitglied, Delavar, scheint bei seinem zweiten Zielort, den er in der Südfeste genannt bekommen hat, nie angekommen zu sein.

Da ihr ihn am besten kennt", sie meint meine Gefährten natürlich, ich hab ihn noch nicht kennengelernt, „sollt ihr sein Schicksal in Erfahrung bringen und ihn, wenn möglich, zurückholen."

Meinen Gefährten ist anzusehen, dass die Nachricht über den verschollenen Delavar sie bis ins Mark trifft. Ich bin erst seit einem Monat hier, aber ich habe sehr schnell gelernt, dass die zusammengestellten Trupps von jeweils sechs Mann wie eine Familie zusammenhalten. Ich kenne das Gefühl von Verlust nicht und ich muss sagen, es ist keine angenehme Erfahrung – und ich kannte ihn nicht einmal.

Wir bekommen die notwendigen Informationen, um seinen Weg zurückverfolgen zu können. Wir befinden uns derzeit in der westlichen Grenzwache und Delavar hatte die Aufgabe, einen Bericht, den Kildare verfasst hatte, von hier zu den südlichen Posten, in das Yihugeg, zu bringen. Von dort sollte er dann mit einigen anderen das Gebiet der Goblins, die weit im Süden leben, auskundschaften und sich dann wieder in der Grenzwache melden. Keiner der Kundschafter ist bislang zurückgekommen.

„Aus diesem Grund bitte ich euch, besonders vorsichtig zu sein. Irgendetwas geht dort vor."

„Wir werden den üblichen Weg zur Südfeste nehmen, vielleicht können wir da bereits ein paar Erkundigungen einholen." Leutherion beschreibt, wie er vorgehen will. „Von dort werden wir in das Land der Goblins vorstoßen und nach dem Verbleib der Kundschafter forschen."

„Da Delavar zu Fuß aufgebrochen ist, sollten wir ebenfalls keine Pferde nehmen", meint Milaileé.

Das kommt mir ganz recht, denn viel geritten bin ich in meinem Leben noch nicht und schließlich fällt das Reittraining nun aus. Meine Gedanken behalte ich lieber für mich. Ich fühle mich noch nicht bereit, mich an den Planungen zu beteiligen. Schließlich kenne ich die Gegend nicht.

Wir füllen unseren Proviant auf.

Das bedeutet, die Wasserschläuche werden gefüllt, jeder bekommt einen Laib Brot und einen Käse mit. Alles andere müssen wir uns unterwegs suchen, denn schließlich können wir keinen Proviantwagen mitnehmen.

Bis wir die Südfeste erreichen, werden wir als klassische Patrouille eingesetzt. Wir sollen auf dem Weg zur Südfeste den Bereich hinter unserer Landesgrenze beobachten und Bewegungen und Außergewöhnliches notieren. Leutherion hat ein sogenanntes Patrouillenbuch, in dem er täglich seine Notizen niederschreibt.

So machen wir uns in gedrückter Stimmung auf den Weg. Zum ersten Mal sehe ich die Gegend rund um die Festung bei Tageslicht, denn die letzten Wochen war ich ausschließlich hinter den Mauern. Mein Eindruck bei meiner Ankunft hat mich nicht getäuscht. Im Umkreis von einhundert Schritt um die Grenzfeste herum steht kein Baum und kein Strauch.

Wir wenden uns zuerst direkt nach Süden. Später werden wir nach Osten abschwenken, um unserem Grenzverlauf zu folgen. Ein kleiner Pfad führt nahe an der Grenze entlang und macht den Marsch einfach. Ich kenne den genauen Verlauf nicht, aber Leutherion kennt in der Gegend hier jeden Baum und führt uns.

So langsam bekomme ich eine Ahnung, warum wir, die aus dem Vocaru stammen, keinen guten Ruf genießen. Wir kennen ja nicht einmal den Verlauf der Grenzen unseres eigenen Landes. Bequem haben wir dort gelebt und es anderen überlassen, dafür zu sorgen, dass es so bleibt.

Sehr bald haben wir die Feste hinter uns gelassen und der Wald umschließt uns bald wieder. Wir folgen dem kleinen, ausgetretenen Pfad und legen ein ordentliches Marschtempo an den Tag. Meine Gefährten vermuten, dass Delavar sich bis zur Südfeste an diesen Pfad gehalten hat.

Er hatte den Auftrag, den Bericht so schnell wie möglich zu überbringen und das ist dieser Weg. Aber trotzdem sollen wir die Augen offen halten, nach Spuren und Auffälligkeiten am Wegesrand Ausschau halten.

Ich frage mich, was wir finden sollen. Delavar ist hier vor etwa sechs Wochen vorbeigekommen, seitdem hat es mehrfach geregnet. „Meint ihr nicht, dass die Spuren von dem Regen verwischt worden sind? Zumal nach sechs Wochen sicherlich die Spur auch bei trockenem Wetter kaum noch erkennbar wäre."

Ich spreche meine Gedanken laut aus und Oneidavas erklärt mir, dass der Gesuchte, wenn er in Schwierigkeiten gesteckt hätte, deutlich sichtbare und dauerhafte Spuren für uns hinterlassen hätte.

Gut, ich halte nach allem Ausschau, was nicht nach Natürlichkeit aussieht. Balladion nutzt die Gelegenheit, mir beizubringen, wie die einzelnen Patrouillen sich Nachrichten und Informationen zukommen lassen.

„Du musst auf Formationen achtgeben, die so in der Natur nicht vorkommen. So bedeutet eine bestimmte Anordnung von abgebrochenen Ästen zum Beispiel: keine Besonderheiten. Fünf Steine zu einer Pyramide gestapelt bedeutet, Goblins in der Nähe und so weiter."

So aufregend der erste Tag für mich ist, er vergeht ereignislos. Als die Dämmerung hereinbricht, befiehlt Leutherion uns, das Nachtlager aufzuschlagen. Wir ziehen uns also ein gutes Stück von dem Pfad in den Wald zurück, sammeln etwas Feuerholz und errichten unser Nachtlager. Die Zeltplanen benötigen wir nicht. Da es trocken und warm ist, können wir unter freiem Himmel schlafen.

Anders als bei mir zu Hause dient das Feuer hier nicht der Gemütlichkeit, sondern ausschließlich dem Zubereiten der Mahlzeit und ist dementsprechend klein gehalten. Das bedeutet, dass ein Loch gegraben wird, worin das Feuerholz entzündet wird. So haben wir eine Kochstelle und der Feuerschein, der das Lagerfeuer sonst so einladend macht, ist nicht aus der Ferne zu sehen. Der Rauch des Feuers macht uns keine Sorgen. Hier im dichten Wald wird den so schnell keiner sehen können.

Einfach essen und dann schlafen gehen – so läuft es leider nicht. Während Oneidavas sich um das Essen kümmert und Milaileé die Schlafplätze bereitet, müssen Balladion und ich die Umgebung abgehen, um nachzusehen, ob uns in der Nacht unliebsamer Besuch droht.

„Komm, Sil'ir, lass uns den südlichen Bereich prüfen. Von dort aus gehen wir in einem Kreis um unser Lager herum. Ich zeige dir, worauf du achten musst."

Wir finden erfreulicherweise keinerlei Spuren von den Goblins. Nur Wildfährten sind reichlich vorhanden. Da wir noch genügend Proviant haben, werden wir nicht jagen. Nach dem Essen gibt es von unserem Hauptmann eine Waffenkontrolle. Er inspiziert Schwerter und Bögen, um den Zustand zu beurteilen. Dann teilt er Wachen ein. Immer zu zweit für eine halbe Nacht haben wir das Lager zu bewachen.

„Sil'ir, du wirst mit Milaileé die erste Wache übernehmen und zur Hälfte dann Oneidavas und Balladion wecken, damit sie euch ablösen."

Ich will mich gerade zu der Wache niedersetzen, als Milaileé stirnrunzelnd den Kopf schüttelt. „Einfach am Feuer sitzen wie bei euch im Kernland ist hier nicht. Wir werden zu zweit in einem bestimmten Abstand unsere Runden um das Lager drehen.

In jeweils entgegengesetzter Richtung, um rechtzeitig auf ungebetene Besucher aufmerksam zu werden. Wache halten bedeutet Arbeit, nicht träumend ins Feuer schauen."

Etwas beschämt bestätige ich, ihre Anweisung verstanden zu haben. Während wir unsere Runden drehen, verändert sie ab und zu das Tempo, sodass sie nie im gleichen Abstand an ein und derselben Stelle vorbeikommt. Sie teilt mir mit, ich soll es genauso machen. Wichtig ist, dass wir uns nicht absprechen, so kann ein Beobachter keinen Rhythmus erkennen. Ich muss gestehen, es ist schon ganz schön raffiniert. Die Ernsthaftigkeit, mit der meine Gefährten ihre Arbeit verrichten, zeigt mir mehr als deutlich, wie wichtig der Dienst der Grenzwache ist und dass wir uns hier nicht auf einem Picknick befinden.

Unsere Wache verläuft ohne irgendwelche Zwischenfälle, wir wecken die anderen und legen uns zur Ruhe.

Am nächsten Morgen gibt es ein kurzes, karges Frühstück – Brot und Käse – und nachdem wir die Feuergrube zugeschaufelt und unsere Spuren am Lagerplatz beseitigt haben, brechen wir auf. Da wir von Sonnenaufgang bis zur Abenddämmerung unterwegs sind und uns nicht durch Unterholz schlagen müssen, kommen wir sehr schnell voran.

Am dritten Tag begegnet uns eine Patrouille, die auf dem Weg zur Westfeste ist. Wir schlagen dieses Mal früher und gemeinsam unser Lager auf. Nachdem wir das Lager aufgebaut haben, berichten die anderen von auffälligen Spuren etwa zwei Tage weiter südlich. Sehr viele Fußabdrücke von Goblins wurden gefunden und noch ein paar fremdartige, die sie nicht zuordnen können. Einen Zusammenstoß hat es nicht gegeben, da die Spuren kurz vor der Grenze endeten.

Der Abend vergeht mit Geschichten über Scharmützel mit den Goblins und vergangene Abenteuern.

Ich höre begierig zu, ohne mich selbst an den Gesprächen zu beteiligen, und versuche herauszufinden, was in diesen Geschichten für mich wichtig sein könnte.

Als wir am nächsten Morgen aufbrechen, teilt Leutherion Kundschafter ein. Während Leutherion, Balladion und Milailee weiterhin dem Pfad folgen, sollen Oneidavas und ich die Gegend auskundschaften und regelmäßig wieder zur Gruppe stoßen. Wir entfernen uns diagonal von den dreien und dringen ins 'Feindesland' vor.

Der Wald ist immer noch dicht, wenn auch nicht so wie im Kernland.

Wir müssen sehr konzentriert und achtsam vorgehen, damit wir nicht auf herumliegendes Geäst oder trockenes Laub treten. Das Unterholz gibt uns ausreichend Deckung, sodass wir relativ sicher vor Entdeckung sind. Da ich keine Ahnung habe, wie die Spuren von Goblins aussehen, tue ich mein Bestes, um zumindest Abweichungen und Ungewöhnliches zu finden. Ich entdecke nichts.

Wir sind bestimmt schon zwei Stunden unterwegs, als Oneidavas mich zu sich holt. Er zeigt mir kleine, leichte Spuren am moosigen Boden. „Schau hier, diese Spuren sind eine typische Goblinfährte. Da Goblins kleine, sehr leichte Wesen sind, gleichen Ihre Spuren in etwa denen eines Jungelfen. Sie tragen selten richtige Schuhe, sondern umwickeln ihre Füße meist mit Lappen aus Leder oder Stoff. Eine solche Spur haben wir hier vor uns. Ich möchte, dass du einschätzt, wie alt die Spuren sind."

Ich schaue mir die Spuren und die Pflanzen in direkter Nähe an. Anhand der umgeknickten Pflanzen kann man die ungefähre Zeit, die vergangen ist, erkennen. „Ich denke, sie ist etwa vier bis sechs Stunden alt."

Oneidavas teilt meine Meinung. „Es wird Zeit, zu den anderen zurückzukehren."

Wir machen uns auf den Weg.

„Goblins sind normalerweise nicht alleine unterwegs, sondern tauchen immer in Gruppen auf", teilt er mir auf dem Weg mit. „Daher glaube ich, dass es sich um einen Späher handelt, der die Grenze auskundschaftet."

Im Grunde also genau dasselbe, was wir gerade tun.

Auf unserem Weg zurück finden wir keine weiteren Spuren. Gegen Mittag sind wir wieder bei den anderen. Ich bin etwas erstaunt, wie Oneidavas dieses Kunststück hinbekommen hat. Er erklärt mir, dass Leutherion das Marschtempo auf dem Pfad gedrosselt hat und die Gruppe dieses Manöver geübt hat, sodass die Kundschafter nicht lange nach den Gefährten suchen müssen.

Am Nachmittag übernehmen Balladion und Milaileé den Kundschafterdienst und wir gehen mit Leutherion. Nach einiger Zeit sehen wir auch am Wegesrand Spuren von Eindringlingen. Hier und da sind Äste abgeknickt, niedergetrampeltes Moos verrät, dass hier nicht nur eine Kreatur entlanggekommen ist, sondern eine größere Gruppe. Äußerst wachsam gehen wir weiter.

Kurz bevor die Dämmerung hereinbricht, stoßen die anderen beiden wieder zu uns. Milaileé berichtet von frischen Goblinspuren und ebenfalls davon, dass es sich nicht um einzelne, sondern um mindestens zehn von den Kreaturen handelt. Unser Hauptmann beschließt, schon jetzt einen Lagerplatz zu suchen. Wir ziehen uns vom Pfad zurück und suchen uns eine kleine Lichtung. Während ich mit Milaileé das Lager einrichte, kundschaften die anderen drei die nähere Umgebung aus.

Sie zwinkert mir zu: „Und, aufgeregt? Deine erste Begegnung mit den Goblins steht vielleicht unmittelbar bevor."

Ich weiß nicht so recht, was ich antworten soll. Ich versuche selbstsicher zu klingen. „Ein wenig aufgeregt bin ich schon, aber ich denke, dass ich das hinbekomme."

Milaileé kichert leise vor sich hin. „Keine Sorge, wir achten schon auf dich."

Ich bin sicher, dass sie das Gesagte ernst meint, aber trotzdem bin ich etwas verärgert. Auch wenn ich neu in der Truppe bin, so bin ich sicher in der Lage, mich meiner Haut zu erwehren. Ich setze mich etwas entfernt hin und erwarte die Rückkehr der anderen.

Auf ein warmes Mahl werden wir heute verzichten. Ein Feuer wäre jetzt zu gefährlich.

Goblins

In der Nacht können wir während unserer Wachgänge eindeutig Geräusche hören, die nicht zum Wald gehören. Ich meine, Stimmen in der Ferne zu hören und auch klirrende Geräusche, wie von Waffen und Metallrüstungen. Auch der Geruch eines Feuers hängt in der Luft. Behelligt werden wir nicht und wir gehen diesen Geräuschen auch nicht nach, sondern bleiben in unserem Lager.

Im Morgengrauen verwischen wir unsere Spuren und machen uns auf den Weg. Dieses Mal läuft einer von uns in die südliche Richtung und sichert die Gegend, der andere sichert den nördlichen Bereich. Da wir nicht unnötig auf uns aufmerksam machen wollen, kommen wir nun deutlich langsamer voran. Am frühen Vormittag kehren Oneidavas und Milaileé, die auf Kundschaft waren, beinahe zeitgleich zu uns zurück. Es gibt sowohl in nördlicher wie auch in südlicher Richtung einige Bewegungen der Goblins.

„Im Norden sind etwa zehn Goblins in unsere Richtung unterwegs", erzählt uns Milaileé.

Oneidavas hat zudem fünf gezählt, die aus dem Süden zu uns kommen.

Leutherion führt uns umgehend auf eine niedrige Anhöhe. Wir verstecken uns dort im Unterholz und warten auf die Dinge, die da kommen. Fünfzehn gegen fünf ist schon eine Herausforderung. Da unser Auftrag nicht beinhaltet, uns in Scharmützel zu werfen, wollen wir versuchen, diesen Kampf zu vermeiden.

Wir haben uns keinen Augenblick zu früh versteckt. Kaum sind wir im Unterholz verschwunden, taucht die zehnköpfige Truppe dieser Kreaturen aus dem Norden auf.

Sie bleiben mitten auf dem Pfad stehen und unterhalten sich in ihrer kehligen Sprache. Verstehen können wir kein Wort, aber sie scheinen gut gelaunt zu sein.

„Was zum …?", fängt Leutherion an, ist aber sofort wieder still.

Die restlichen fünf Goblins tauchen auf. Nicht nur Leutherion ist überrascht. Uns allen stockt der Atem. Diese fünf sind nicht wie üblich in grob gefertigte Kleidung gehüllt, sondern tragen passgenaue Kettenhemden. Ebenso – das kann man selbst von unserem Standort gut erkennen – glänzende neue Säbel und Schwerter. Da die Goblins des Schmiedens nicht mächtig sind, müssen sie die Rüstungen und Waffen von woanders, von jemand anderem erhalten oder erbeutet haben. Das weiß ich auch, ohne dass die anderen mir den Umstand erklären. Diese Entdeckung macht uns alle sprachlos und ich sehe in Leutherions Gesicht, dass es in ihm arbeitet.

Die Kreaturen lassen sich am Wegesrand nieder und halten ein großes Palaver ab. Sie lassen die Waffen herumgehen, damit die anderen sie bewundern können. Nach etwa einer Stunde brechen sie auf und ziehen gemeinsam nach Süden ab.

Für uns ist das gut, denn wären sie nach Norden gezogen, hätten wir sie aufhalten müssen. So können wir unseren Auftrag weiter verfolgen. Wir können das Gesehene allerdings auch nicht vollkommen ignorieren.

Leutherion ringt einen Augenblick mit sich: „Balladion, tut mir leid, aber du gehst zurück zur Westfeste und berichtest Kildare, was wir gesehen haben."

„Aber ich möchte Delavar finden", entgegnet er lautstark.

„Ich weiß, das wollen wir alle. Sil'ir ist noch nicht bereit, alleine zu überleben. Daher kann ich ihn nicht zurückschicken, tut mir leid."

Balladion gefällt dieser Befehl sichtlich nicht. Er würde natürlich lieber seinen verschollenen Kameraden suchen. Aber er sieht ein, dass jemand von dieser Begegnung berichten muss. Meinen Vorschlag, ich könnte doch zurückgehen, hat Leutherion im Voraus geahnt, daher schweige ich lieber. Balladion verabschiedet sich von uns und bricht umgehend auf, den Weg zurückzugehen, dem wir seit Tagen folgen.

Auch wir machen uns wieder auf den Weg. Nun trennen wir uns nicht mehr. Wir vier bleiben zusammen und folgen dem Pfad weiter. Am Abend erreichen wir einen Fluss und nutzen dankbar die Möglichkeit, uns zu waschen und den Reiseschmutz von der Kleidung zu bekommen. Da unser Proviant allmählich zur Neige geht, entschließt sich Milaileé, im Wald nach Essbarem zu suchen und vielleicht Wild zu jagen.

Während wir auf ihre Rückkehr warten, erklärt mir Oneidavas, was ich in einem Kampf mit einem Goblin beachten sollte. „Da es sich um relativ kleine Wesen handelt, musst du dein Augenmerk auf deine Beine und deinen Bauch legen. Es gibt auch größere Exemplare, doch werden die meisten versuchen, dich zuerst zu Fall zu bringen. Ebenso verhalten sie sich verhältnismäßig dumm.

Wenn dich zum Beispiel zehn Goblins angreifen und du acht oder neun davon ausschaltest, wird dich der zehnte trotzdem weiter angreifen. Bewaffnet sind sie hauptsächlich mit Holzspeeren und Knüppeln. Gelegentlich haben sie auch eine erbeutete Stahlwaffe dabei. Das, was wir heute Vormittag gesehen haben, kenne ich jedoch auch nicht. Goblins mit Rüstung und Schwertern sind mir noch nie begegnet."

Nach gut zwei Stunden kehrt Milaileé mit fast leeren Händen zurück. Mehr als ein paar Beeren und Wurzeln konnte sie nicht finden. Spuren von Wild hat sie nicht entdecken können, dafür aber reichlich Goblinfußabdrücke.

Zwei von uns schlafen und zwei wachen, diesen Rhythmus behalten wir bei. Beim Wachwechsel, Leutherion und ich haben gerade Milaileé und Oneidavas geweckt, werden wir Zeuge von einem sehr merkwürdigen Wetterphänomen. Im Süden blitzt für etwa drei Sekunden ein helles blaues Licht auf. Es erhellt den ganzen Horizont und ist von unnatürlicher Schönheit. Es wiederholt sich nicht und es ist auch kein Donnergrollen wie bei einem Gewitter zu hören. Nachdem das Licht erloschen ist, bleibt die Nacht ruhig und dunkel.

Trotzdem ist an Schlaf nicht mehr zu denken und wir sind den Rest der Nacht wach und sprechen über das Gesehene. Wir haben keinerlei Idee, was dieses Licht bedeuten könnte, und geben es bald auf, darüber zu spekulieren. Da die Entscheidung, ob eine Expedition in den Süden geschickt wird, nicht uns obliegt und wir immer noch auf dem Weg zur Südfeste sind, brechen wir am Morgen wieder auf.

Aufgrund der Ereignisse am gestrigen Tag und in der Nacht sind wir natürlich besonders aufmerksam, sodass uns die fünf Goblins, die uns am Nachmittag aus dem Unterholz heraus angreifen, nicht überraschen können. Es handelt sich nicht um die fünf, die wir gestern gesehen haben. Gekleidet sind sie mit etwas, das ich eher als Lumpen denn als Kleidung bezeichnen würde, und ihre Bewaffnung besteht aus Speeren und Keulen – genau wie Oneidavas es mir erklärt hat.

Da wir unsere Waffen schon in den Händen halten, haben die Goblins keine Chance. Mein Gegner stößt mit dem Speer zu, ich drehe mich daran vorbei, hole einmal kräftig aus und lasse ihn kopflos zurück.

Milaileé und Oneidavas gehen gemeinsam vor und zwei weitere Gegner liegen am Boden. Während wir also jeweils einen Goblin niedergestreckt haben, musste sich Leutherion gegen zwei erwehren.

Wie er es gemacht hat, kann ich nicht sagen. Auf jeden Fall steckt in dem einen der Speer seines Kumpanen und der Kopf des Speerträgers liegt neben ihm. Das Ganze hat gerade einmal zwei Augenblicke gedauert und wir erwarten weitere Angriffe. Es kommt jedoch nichts mehr. Diese fünf waren wohl alleine unterwegs.

Wir schleppen die Kadaver vom Weg in den Wald, reinigen unsere Waffen und machen uns wieder auf den Weg. Mein Herz schlägt noch schnell und ich versuche die Geschwindigkeit, mit der das alles geschehen ist, zu verstehen. Es war nichts Ehrenvolles an diesem Kampf und auch die Gleichgültigkeit ist erschreckend.

Sicher, sie haben uns angegriffen und waren für ihr Schicksal selbst verantwortlich, aber es bleibt ein schaler Beigeschmack.

Nach dieser Begegnung bewegen wir uns abseits des Pfades und kommen langsamer voran als zuvor. In der folgenden Nacht sehen wir im Süden einen Lichtschein. Ein größeres Feuer wurde dort entfacht.

„Wir werden uns in diese Richtung begeben, um dem auf den Grund zu gehen." Leutherion entscheidet, dass wir die Geschehnisse nicht ignorieren können.

Leise schleichen wir uns durch die Nacht. Als wir uns dem Feuer nähern, sehen wir mehrere Wachen, die um das Lager der Goblins postiert sind. Sehr aufmerksam sind sie nicht, sie sitzen an einem Baum und würfeln. Es ist uns ein Leichtes, an ihnen vorbeizukommen. Am Rande einer Lichtung bleiben wir im Schutz des Waldes stehen und beobachten die Versammlung.

Das Herz schlägt mir bis zum Hals. Bestimmt vierzig Goblins lagern um ein riesiges Feuer. Im Vordergrund steht ein großer Goblin, der in Fell und bunte Vogelfedern gekleidet ist.

Schuhe oder Stiefel hat er keine an, er läuft einfach barfuß. In der rechten Hand hält er einen Stab, auf dessen Spitze der kahle Schädel eines Wolfes steckt.

„Vermutlich handelt es sich um einen Schamanen", erklärt Milaileé mir flüsternd diese Gestalt. „In der Zeit, als die Magie noch allgegenwärtig war, hatten die Goblinschamanen geringe magische Kräfte und konnten angeblich mit den Geistern sprechen.

Ich glaube allerdings, dass es hauptsächlich Halluzinationen waren, die der übermäßige Pilzgenuss dieser Kreaturen hervorrief." Sie schüttelt sachte den Kopf. „Die Magie ist seit Jahrhunderten nur noch schwach in der Welt vorhanden, aber die Goblins versuchen immer noch, Kontakt mit den Geistern aufzunehmen."

Der Schamane reißt die Hände hoch und mit einem Fauchen nimmt das Feuer für einen kurzen Augenblick eine bläuliche Färbung an. Die Goblinhorde wirft sich ehrfürchtig vor dem Schamanen in den Staub und huldigt ihm.

„Glaubst du, dass dies Magie gewesen ist?"

Meine geflüsterte Frage veranlasst Milaileé dazu, wiederholt den Kopf zu schütteln. „Nein, ich denke, dass der Goblin irgendein Pulver in die Flammen geworfen hat, um diesen Effekt zu erzielen. Das bisschen Magie, was die Welt durchzieht, ist zu schwach als dass diese Kreaturen etwas davon nutzen könnten."

Wir haben genug gesehen und machen uns auf den Rückweg. Die Wachposten sind noch immer in ihr Würfelspiel vertieft und wir hätten in drei Meter Abstand an ihnen vorbeigehen können, ohne dass sie es wahrgenommen hätten. Wir gehen nicht zu unserem Lagerplatz zurück, sondern beschließen, sofort weiterzuziehen. Wir möchten so viel Abstand wie möglich von dieser Goblinhorde gewinnen.

Vierzig Gegner sind auch für uns zu viel und ich bin über das Ausdauertraining im vergangenen Monat sehr dankbar. Es macht mir nichts aus, die Nacht durchzumarschieren.

Leutherion ist nachdenklich.

„Es ist unüblich, dass sich eine so große Gruppe der Kreaturen so dicht an der Grenze versammelt, und das macht mir Sorgen. Wir müssen unbedingt die Westfeste informieren. Wenn wir die Südfeste erreichen, möchte ich sofort einen Boten zu Kildare senden, um die Berichte von Balladion zu ergänzen."

So vergehen die nächsten Tage. Wir umgehen sämtliche Goblingruppen, die wir entdecken, in einem weiten Bogen und erreichen am Mittag eines kühlen Tages die Südfeste. Am Horizont künden dunkle Wolken ein Unwetter an und wir sind dankbar, dass es während unserer Reise trocken geblieben ist. Man lässt uns ungehindert passieren. Die Mauern sind genauso aufgebaut wie in der westlichen Festung.

Wir werden sofort zum Festungskommandanten gebracht. Linrius, oberster Grenzwächter der Südfeste, empfängt uns in seinem Arbeitszimmer. Anders als bei Kildare ist das Zimmer sehr gemütlich eingerichtet. Durch mehrere Fenster fällt das Licht der Nachmittagssonne auf die Zimmerwände. An diesen hängen einige Gemälde, aber auch verschiedene Schwerter und Rüstungsteile. Der Boden ist mit einem dicken Teppich ausgelegt.

Leutherion erzählt detailliert, was uns während unseres Weges passiert ist. Die nächtliche Erscheinung lässt er auch nicht aus. Linrius bestätigt dieses Phänomen. Auch hier ist das Licht gesehen worden. Es sind einige Kundschafter unterwegs, um dem Ereignis auf den Grund zu gehen. Als Leutherion gerade unser Hiersein erklären will, hebt Linrius die Hand.

„Ich weiß, warum ihr hier seid. Und es freut mich, euch gute Nachrichten übermitteln zu können. Euer Gefährte, Delavar, wurde von einem der Kundschafterteams gefunden."

Leutherion, Oneidavas und Milaileé halten die Luft an.

„Keine Sorge, er ist unversehrt. Der Trupp stöberte eine Gruppe von Goblins auf. Diese führten einen kleinen Wagen mit sich. Als sie die Kreaturen angegriffen haben, konnten sie sehen, dass in diesem Wagen eine Gestalt liegt. Nachdem sie die Goblins niedergemacht hatten, staunten sie nicht schlecht, als sie einen mit Stricken gefesselten Elfen fanden."

Linrius sagt, Delavar habe berichtet, dass er von einer Goblintruppe aufgespürt und gefangen genommen worden sei. Erstaunlicherweise töteten sie ihn nicht sofort, sondern fesselten ihn und nahmen ihn mit. Es dauerte ein wenig, bis Delavar herausbekam, was sie von ihm wollten. Denn kaum ein Elf beherrscht die Sprache der Goblins und sicher kann keiner von ihnen die unsere. Sie wollten erreichen, dass er ihnen unsere Patrouillenpläne und den Aufbau der Südfeste verrät. Das hat er natürlich nicht getan. Es wäre auch sehr schwierig geworden, denn jede Patrouille geht nach eigenem Ermessen vor. Nur die Ablösezeiten stehen im Vorwege fest.

Delavar konnte die Goblins hinhalten, sodass sie ihn am Leben ließen. Nun erholt er sich hier in der Festung.

Südfeste

Wir werden sogleich zu Delavar gebracht. Er befindet sich noch auf der Krankenstation, ist aber auf dem Weg der Besserung. Er hat keine bleibenden Schäden davongetragen. Nur die lange Schnittwunde, die von seinem linken Ohr zum Kinn verläuft, wird wohl nicht ohne sichtbare Narbe verheilen.

Er ist wach und gerade am Abendessen, als wir sein Zimmer betreten. Seine Gesichtszüge hellen sich deutlich auf, als er seine alten Gefährten begrüßt.

Mich begrüßt er fragend: „Du bist der Ersatz für Salérímä? Ich heiße dich willkommen."

Ich grüße zurück und stelle mich vor.

„So so, ein Kernländer. Na, wenn die anderen dich aufgenommen haben, wird es schon recht sein."

Ich will gerade eine beleidigte Erwiderung geben, als er mir amüsiert zuzwinkert.

Oneidavas legt mir beruhigend die Hand auf die Schulter und wendet sich an Delavar. „Du machst vielleicht Sachen. Man kann dich wirklich nicht alleine lassen. Nicht einmal eine Botschaft kannst du überbringen, ohne dich in die Bredouille zu bringen. Sag, wie geht es dir?"

Delavar meint, nun, wo die Patrouille wieder zusammen ist, gehe es ihm gleich doppelt so gut.

Die anderen plaudern weiter mit ihm, wobei ich ein bisschen unbeachtet nebenbei stehe, bis wir ihn verlassen müssen, da seine Behandlung weitergeht.

Da es schon spät ist, begeben wir uns auf die Suche nach etwas Essbarem und lassen uns dann unsere Unterkünfte zeigen. Die Räumlichkeiten sind nahezu identisch eingerichtet wie in der Westfeste.

Nur die Tische und anderen Möbel bestehen hier nicht bloß aus nacktem Holz, sondern sind in den buntesten Farben bemalt. Einige Schränke haben richtige Bilder, die verschiedene Szenarien zeigen. Hauptsächlich Bilder von Wäldern und Sonnenaufgängen, vereinzelt Kreaturen aus der alten Zeit, wie Drachen oder Einhörner. Wenn mich die vielen Farben zuerst auch etwas erschlagen, finde ich die Bilder recht gelungen.

Am Morgen beim Frühstück tritt eine Elfe an unseren Tisch und bittet uns, nach dem Essen Linrius in seinem Arbeitszimmer aufzusuchen. Auch wenn sie es als Bitte ausspricht, so ist doch klar, dass es sich um einen Befehl handelt, und wir beeilen uns, ihm Folge zu leisten. Wie wir schon erwartet haben, haben wir keine Zeit, die Genesung von Delavar abzuwarten. Aufgrund der Ereignisse der letzten Zeit und des Berichtes von unserem Kameraden werden die Patrouillen im Grenzgebiet verstärkt. Da aus der Südfeste momentan viele Gruppen im Goblingebiet als Spähtrupps eingesetzt werden, fehlt es an Grenzwächtern, um den Abschnitt, für den die Feste verantwortlich ist, abzusichern.

Unsere Aufgabe wird es sein, den inneren Bereich der Grenze zu durchstreifen und Ausschau nach Goblins zu halten, denen es gelungen sein sollte, die Grenze unbehelligt zu passieren. Wir bekommen einen Abschnitt zugeteilt, der sich jeweils mit zwei anderen Patrouillengruppen überschneidet.

Wir verabschieden uns von Delavar und füllen unsere Proviantbeutel auf.

Als wir die Feste verlassen, regnet es und wir werden in wenigen Augenblicken nass bis auf die Knochen. Ich gebe zu, so macht es weniger Spaß, aber wir können uns das Wetter nicht aussuchen. Der einzige Trost ist, dass die Goblins sich sicherlich einen trockenen Unterschlupf suchen werden.

Wir streifen bis zur Mittagszeit durch den Wald, dann bauen wir uns einen Lagerplatz, wo wir uns trocken unterstellen können. Sogar ein kleines Feuer riskieren wir. Am Nachmittag besprechen wir unser Vorgehen. Da wir nur zu viert sind, werden wir uns nicht wie sonst üblich in zwei Gruppen aufteilen, sondern zusammenbleiben. In einem leichten Bogen wollen wir uns erst ein paar Tage nach Nordwesten begeben, uns dann wieder nach Süden zurückbewegen. Immer ein klein wenig versetzt auf anderen Pfaden werden wir diese Region für die nächsten zwanzig Tage durchstreifen. Danach treffen wir unsere Ablösung genau an dieser Stelle, wo wir unser erstes Lager aufgeschlagen haben.

Die Streifzüge durch den Wald gefallen mir sehr gut. Nur sich selbst und seinen Kameraden verpflichtet zu sein, ist ein sehr angenehmes Gefühl. Man hat auch viel Zeit, sich gegenseitig besser kennenzulernen. Im letzten Monat stand das Training im Vordergrund und auf der Reise hierher waren wir anderweitig beschäftigt, so haben wir uns nicht sehr ausführlich kennenlernen können.

Meine Gefährten werden noch drei Jahre bei der Grenzwache dienen und dann wieder zu ihren Sippen zurückkehren.

Milaileé und Balladion kommen aus derselben Sippe und leben im nördlichen Samacu. Ähnlich wie das Vocaru ist die Gegend reich an Wäldern, auch wenn das Gelände flacher verläuft als die bewaldeten Berghänge meiner Heimat. Vocaru bedeutet so viel wie ‚grüne Berge'. Meine Heimat, das Kernland, befindet sich in der Mitte von Vocaru und bildet das Zentrum des Siedlungsgebietes unseres Volkes. Das Kernland wird von einer Gebirgskette eingeschlossen, die dicht bewaldet ist. In meiner Heimat gibt es eine große Anzahl an klaren Gewässern.

Seen, in denen man baden und schwimmen kann, sowie Flüsse und Bäche, die klares Trinkwasser zur Verfügung stellen. Es gibt dichte Wälder mit Wild und essbaren Pflanzen und große Lichtungen, die meinem Volk als Versammlungsplatz oder dem Müßiggang dienen.

Anders ist das Land weiter im Norden, im Samacu. Das Gebirge läuft dort flach aus und die Wälder sind weniger dicht. Richtung Norden geht der Wald dort langsam in eine Steppe über.

Oneidavas und Delavar werden ebenfalls in drei Jahren nach Hause zurückkehren. Oneidavas lebt mit seiner Sippe im östlichen Taxeve, wo der Wald zuerst in Steppenlandschaft, danach in einen Sumpf übergeht. Delavar kommt hier aus der südlichen Region, in der wir uns gerade befinden. Yihugeg nennt sie sich und grenzt, wie unsere westliche Grenze Rotasalin direkt an das Land der Goblins.

Die sieben Jahre, die meine Gefährten schon hinter sich haben, sind erstaunlich ruhig gewesen.

Zwar gibt es immer wieder Zusammenstöße mit Goblins und anderen Kreaturen wie Ogern und sogar Trollen. Diese jedoch kommen eher im Norden vor. Im Süden und Westen gab es lange Zeit keine auffälligen Bewegungen unserer Feinde. Umso besorgniserregender sind die Nachrichten, die nach und nach in den Festungen eintreffen. Die Goblins sammeln sich in letzter Zeit verstärkt und sind häufig in großer Zahl unterwegs. Es liegt Veränderung in der Luft, auch wenn es bisher nur ein unbestimmtes Gefühl ist und wir noch keinen Grund für diese Veränderung erkennen können.

Lediglich im Osten ist es unverändert ruhig. Doch ist das nicht weiter verwunderlich, da die Goblins keine Seefahrer sind und sich sehr selten an die Küste und in die Sümpfe verirren.

Während unserer Patrouille stoßen wir auf vereinzelte Goblins, die versuchen, den Grenzbereich auszuspähen. Diese Aufeinandertreffen sind nicht wirklich erwähnenswert, denn die Goblins sind nur alleine oder zu zweit unterwegs. So vergeht der Monat schnell, ohne dass wir in ernsthafte Gefechte verwickelt werden. Als unsere Ablösung eintrifft, berichtet Leutherion ihnen von unseren Erfahrungen und wir ziehen uns in die Feste zurück.

Als wir wieder in der Feste sind, stößt ein gesunder Delavar zu uns – nur die Narbe im Gesicht bleibt, was ihn aber irgendwie verwegen aussehen lässt. Wir erstatten Linrius Bericht und können uns ein paar Tage erholen.

Da unser Trupp nun wieder vollständig ist – mit Ausnahme von Balladion –, nutzen wir die Zeit, um ein paar Trainingseinheiten durchzuführen.

Wir wollen unsere Kampfstile aufeinander abstimmen. Delavar soll mein fester Partner werden. Da konnte dies bis jetzt nicht geschehen und muss dringend nachgeholt werden. Da er nicht wie ich mit einem Schwert kämpft, sondern mit einem Kampfstab, ist dies für mich eine besondere Herausforderung. Die Abstände kann ich sehr schwer einschätzen und auch das Anpassen der Geschwindigkeit ist ein hartes Stück Arbeit. Es macht trotzdem Spaß und schweißt uns zusammen. Ich fühle mich inzwischen auch nicht mehr wie ein Neuling, sondern dazugehörig und willkommen. So vergehen bestimmt zwei Wochen, in denen wir hart trainieren und von uns selbst und unseren Sippen erzählen.

Dann kommt der Tag, an dem wir in die Westfeste zurückkehren sollen. Dies ist verbunden mit zwei Aufgaben. Wir sollen Kopien von den Berichten, die hier in den letzten Wochen eingegangen sind, an Kildare weiterleiten und auf unserem Rückweg zusätzlich das Goblingebiet ausspähen.

Das heißt, dass wir nicht auf direktem Weg zurückgehen, sondern uns in einem großen Bogen durch Goblingebiet bewegen. Wir überschreiten den Fluss und dringen einen Tagesmarsch weit in das Land der Goblins ein. Wir wenden uns nach Süden in Richtung eines bekannten Dorfes der Kreaturen, um dort nachzusehen. Da der Baumbestand südlich des Flusses deutlich abnimmt, müssen wir sehr vorsichtig sein und unseren Weg genau überlegen. Ein abendliches Lagerfeuer ist selbstverständlich tabu, denn so dumm sind selbst die Goblins nicht, so ein verräterisches Zeichen zu ignorieren. Glücklicherweise regnet es nicht und wir können uns auch im Feindesland einigermaßen behaglich einrichten.

Am Nachmittag passiert es dann. Wir wollen gerade ein dichtes Gebüsch untersuchen und überlegen, ob wir es als Lagerplatz nutzen können, als uns aus eben diesem eine Gruppe von Goblinkrieger überrascht.

Anders als üblich greifen sie uns nicht frontal und mit viel Geschrei an. Nur das Sirren einer Bogensehne warnt uns vor. Ein Pfeil trifft die vorangehende Milaileé, bleibt aber glücklicherweise in ihrer Lederrüstung stecken, ohne Schaden anzurichten. Einen zweiten Pfeil wischt Leutherion mit seinem Schwert aus der Luft. Einen geworfenen Speer kann Delavar mit seinem Stab beiseite stoßen.

Dann sind um uns herum plötzlich ein Dutzend Krieger, die uns mit Schwertern und Speeren angreifen. Milaileé muss sich gleich vierer Gegner erwehren. Wir anderen haben es mit jeweils zwei Kreaturen zu tun. Zwei weitere bleiben im Gebüsch und decken uns mit Pfeilen ein. Glücklicherweise sind es keine guten Bogenschützen und da wir nun in Bewegung sind, gehen die schlecht gezielten Pfeile allesamt vorbei.

Bald habe ich keine Zeit mehr, mich um die anderen zu kümmern, denn ich habe selber alle Hände voll zu tun.

Wie wir es trainiert haben, gehen Delavar und ich gemeinsam vor, haben es also zusammen mit vier Gegnern zu tun. Glücklicherweise sind Goblins keine herausragenden Krieger, sonst hätte es für uns übel ausgehen können. Dennoch haben wir auch so ganz schön zu tun, da sie allesamt in Kettenhemden gerüstet sind und scharfe, gute Schwerter führen.

Während Delavar mit seinem Kampfstab den Angriff übernimmt, verteidige ich uns mit dem Schwert, was sich bei seiner Kampfgeschwindigkeit als nicht einfach erweist.

Das Training zahlt sich aus. Er kann sich zwei Gegnern widmen und muss sich nicht auf seine Verteidigung konzentrieren. Ich muss nicht versuchen, den Kampf zu entscheiden, sondern habe lediglich dafür zu sorgen, dass von den Goblins kein Schlag durchkommt.

Als der Nahkampf beendet ist, gibt Leutherion mir und Oneidavas den Befehl, uns um die beiden flüchtenden Bogenschützen zu kümmern. Geschwind schicken wir jeder einen Pfeil auf die Reise und beenden die Flucht der beiden wenige Augenblicke später.

Es dauert ein wenig, bis mein Herzschlag sich beruhigt hat, aber dann beginnen wir damit, die gefallenen Goblins zu untersuchen. Es ist auffällig, dass ausnahmslos alle mit der gleichen Rüstung gekleidet sind. Auch die Waffen sind von hoher Qualität.

Leutherion ist es neu, dass Goblins Pfeil und Bogen nutzen, ebenso, dass sie so geordnet und diszipliniert angreifen. Irgendjemand stattet sie mit Waffen und Rüstung aus. Besonders besorgniserregend ist der Umstand, dass sie mit diesen Waffen gut umgehen können. Das ist sehr bedenklich. Bis jetzt gab es keine Komplikationen, da sie uns zu jeder Zeit hoffnungslos unterlegen waren.

Wenn sie jetzt lernen, gezielt vorzugehen, werden sie zu einer ernstzunehmenden Gefahr, alleine aufgrund ihr großen Zahl. Zahlenmäßig sind sie unserem Volk bestimmt zehn zu eins überlegen.

Wir können diesen Vorfall und diese Erkenntnis nicht abtun, daher weitet Leutherion unsere Mission aus.

Wir werden auf unserem Weg zurück nach Hause weiter in Goblinland eindringen als ursprünglich geplant, um möglichst viele Informationen zu sammeln. Er steckt eines der Kettenhemden und ein Schwert ein, um beides als Beweis vorlegen zu können.

Wir verstecken die Leichen in dem Gebüsch, aus dem sie gekommen sind, und marschieren noch eine Weile weiter. An einer geeigneten Stelle mit ein paar Bäumen und etwas Unterholz schlagen wir unser Nachtlager auf.

Feindesland

In der Nacht sehen wir in der Ferne an verschiedenen Stellen Feuerschein. Mindestens sieben Lagerfeuer können wir zählen. Wir entscheiden uns, unsere Nachtruhe abzubrechen und uns im Schutz der Dunkelheit diese Lager anzuschauen. Jeder nimmt sich ein Feuer vor und kundschaftet es aus. Wir sind nur zu fünft und müssen zwei Feuer links liegen lassen. Das lässt sich nicht ändern. Zum Sonnenaufgang wollen wir uns wieder hier in dem kleinen Wäldchen treffen.

So schleiche ich das erste Mal alleine durch feindliches Gebiet auf die Gegner zu. Mein Herz schlägt mir bis zum Hals und ich bleibe mehrfach stehen, um tief durchzuatmen. Da das Feuer nicht gerade klein ist, kann ich es gar nicht verfehlen. Nach etwa einer Stunde erreiche ich einen von ein paar Bäumen gesäumten Platz. Dort brennt in der Mitte ein großes Feuer, rund herum liegen und sitzen etwa fünfzehn Goblins und vertreiben sich die Zeit mit Essen und Trinken. Wachen haben sie keine aufgestellt, sie fühlen sich hier vollkommen sicher. Ich suche mir ein ausreichend großes Gebüsch und mache es mir einigermaßen bequem. Dann lasse ich den Blick schweifen. Diese Goblins sind ebenso in Kettenrüstung gekleidet wie die vom Vortag und sie wirken disziplinierter, als man es von ihnen gewohnt ist. Sie scheinen auf etwas zu warten, auch wenn sich mir nicht erschließt, was das sein könnte. Ich warte ab und so vergeht die Nacht.

Plötzlich stehen alle gleichzeitig, wie auf Befehl auf, bilden eine Reihe und stellen sich vor das Feuer. Ich bekomme einen Schreck – haben sie mich entdeckt? Aber das ist unwahrscheinlich. Zumal sie von mir weg schauen.

Nach einigen Augenblicken kommt eine Gestalt aus dem Dunkel hinter dem Feuer.

An der Kleidung kann ich erkennen, dass es sich um denselben Goblin handelt, den wir vor Wochen schon einmal gesehen haben. Komplett in Fell gekleidet und mit Vogelfedern verziert, steht jener Schamane vor seinen Artgenossen, der neulich mit den blau gefärbten Flammen bei seinesgleichen für Ehrfurcht gesorgt hat. Er stellt sich vor das Feuer und spricht in der unmelodischen Sprache seines Volkes. Ich verstehe natürlich kein Wort.

Plötzlich geht ein ehrfürchtiges Raunen durch die Goblins. Der Schamane hebt seinen Stab mit dem kahlen Wolfsschädel und ruft einige Worte. Ich traue meinen Augen nicht. Die Augen des Schädels glühen ganz kurz blau auf. Über die Horde der Goblins legt sich für einen Augenblick ein bläulicher Schimmer. Ich glaube schon, ich habe Halluzinationen. Dann stellen sich die fünfzehn Goblins in drei Fünferreihen auf und marschieren geordnet nach Süden.

Ich warte noch eine halbe Stunde ab, dann mache ich mich auf den Rückweg zu unserem Treffpunkt. Ich vermute, dass die anderen ganz ähnliche Beobachtungen gemacht haben. Im Morgengrauen treffen wir alle wieder ein und berichten von unseren Erfahrungen. Wie es aussieht, passierte überall dasselbe.

Bei dem Feuer, an dem Milaileé war, konnte sie etwa fünfzig Goblinkrieger zählen. Es sah aus, als ob die Krieger mit irgendwelchen Drogen unter den Bann der Schamanen gezwungen wurden. Das erklärt aber nicht das bläuliche Licht, das wir alle an den Lagerfeuern gesehen haben.

Es spielt keine Rolle, was die Goblins unter seinen Bann zwingt. Disziplinierte und gut ausgerüstete Goblins sind in jedem Fall eine erschreckende Vorstellung.

Wir entscheiden uns, anders als Leutherion ursprünglich erklärt hat, nun doch den schnellsten Weg zur Feste zu nehmen und nicht weiter das Land auszukundschaften. Eile ist jetzt geboten, damit wir uns auf das vorbereiten können, was da kommen mag.

Wir werden den Tag hier versteckt verbringen und lieber in der Nacht weiterziehen. Normalerweise könnten wir vor der Nase der Goblins hier entlanglaufen und sie würden uns nicht entdecken. Wenn die Wachposten allerdings genauso eine Disziplin an den Tag legen wie die Krieger, dann würden wir in Schwierigkeiten geraten.

Am Tag verhalten wir uns ruhig, obwohl wir keine Goblins in unserer Nähe ausmachen können. Als die Abenddämmerung einsetzt, ziehen wir los in Richtung Nordwesten. In der Dunkelheit können wir die Lager der einzelnen Trupps deutlich erkennen und haben keine Schwierigkeiten, diese weiträumig zu umgehen.

Im Morgengrauen haben wir das Grenzgebiet erreicht und marschieren den ganzen Tag durch. Da wir uns jetzt wieder auf bekanntem Terrain bewegen, fühlen wir uns sicherer. Wir bleiben auf der feindlichen Seite der Grenze, um gegebenenfalls die Bewegungen der Goblins zu erkennen und weitere Informationen zu sammeln.

Während einer Wache bei unserem Nachtlager hören wir plötzlich in der Nähe Schritte und auch leises Waffenklirren. Sofort sind wir alle hellwach und verteidigungsbereit.

Keinen Moment zu früh, denn aus der Dunkelheit stürzen mehrere Gestalten auf uns zu. So schnell kann ich sie nicht zählen. Es sind aber viel mehr als bei unserem letzten Scharmützel und unsere in den letzten Monaten eingeübte Verteidigungsformation funktioniert im Dunkeln nicht sonderlich gut. Zumal wir zu vielen Gegnern gegenüberstehen.

Einen auf mein Gesicht gezielten Speerstoß kann ich mit dem Schwert beiseite wischen und meinen Gegner mit einem Streich über seine Kehle kampfunfähig machen. Heißes Blut spritzt mir entgegen und ich kann kurze Zeit nicht richtig sehen. Kaum habe ich mir das Blut aus den Augen gewischt, steht mir eine weitere Kreatur gegenüber. Diese hat ein Kurzschwert in der Hand und deckt mich mit seitlichen Hieben ein. Da ich die größere Reichweite habe, gelingt es mir, diesen Kampf zügig für mich zu entscheiden. Mir bleibt kaum Zeit um Luft zu holen, denn sofort steht eine weitere, diesmal elfengroße Gestalt vor mir.

Ich bin so irritiert, dass ich mir einen Stich in den Bauch eingefangen hätte, wenn Oneidavas nicht auf mich aufpassen würde. Er bringt den Menschen, der da vor mir steht, mit einem kurzen Hieb seines Kampfstabes in die Kniekehle ins Straucheln. Ich habe dadurch die Gelegenheit, meine Überraschung zu überwinden und mich zu verteidigen.

Einen Menschen habe ich noch nie gesehen, nur Geschichten über die Barbaren im Norden und Westen gehört. Sie leben weit von unseren Grenzen entfernt und lassen uns in Ruhe. Dass hier ein Mensch zusammen mit den Goblins kämpft, ist sehr erstaunlich. Früher, vor dem Krieg der Rassen, haben die Elfen und Menschen friedlich zusammengelebt.

Nach dem Krieg haben wir Elfen uns hierher zurückgezogen. Das war vor vielen Jahrhunderten. Seitdem hat mein Volk kaum noch Kontakt mit den Menschen.

Da die Menschen sich auf das Kämpfen sehr gut verstehen, muss ich meine Strategie ändern. Anders als ein Goblin geht mein jetziger Gegner überlegt und ruhig vor. Er lässt sich auch nicht von einigen Finten und überraschenden Ausfällen aus dem Gleichgewicht bringen.

Die Angriffskombinationen, die er benutzt, sind ruhig und wohlüberlegt, jedoch in einem Stil, den ich nicht kenne. Ich habe also alle Hände voll zu tun, am Leben zu bleiben.

Aus den Augenwinkeln kann ich erkennen, dass noch mehr Menschen an diesem Überfall beteiligt sind. Zu meinem Schrecken sehe ich, wie Milaileé eine böse Bauchwunde bekommt und zu Boden geht. Das lenkt mich so sehr ab, dass es um mich geschehen wäre, wäre Delavar nicht in meiner Nähe gewesen. Leutherion ist sogleich bei Milaileé und schützt sie vor weiteren Angriffen.

Mehr bekomme ich nicht mit, denn jetzt gesellen sich noch zwei Goblins zu meinem Gegner und ich muss all mein Können aufbringen, das ich in den vergangenen Jahren gesammelt habe. Am meisten Sorgen bereitet mir allerdings der Mensch. Die Goblins sind glücklicherweise nicht in der Lage, ihre Angriffe aufeinander abzustimmen, sondern sie schlagen drauf los, wie es gerade passt. Der Mensch jedoch nutzt die Situation und attackiert mich, wenn ich gerade mit den beiden Kreaturen beschäftigt bin.

Ein sengender Schmerz in meiner linken Schulter zeigt mir, dass ich zu langsam war. Ich ignoriere sowohl die Wunde als auch die Angriffe der beiden Goblins und setze zu einem geraden Stich zum Hals meines menschlichen Gegners an. Er hat wohl fest damit gerechnet, dass mich die Wunde und die Goblins lange genug beschäftigen. Jedenfalls hat er seine Deckung nicht parat und mit einem ungläubigen Blick sinkt er mit durchschnittener Kehle zu Boden.

Nun wende ich mich den beiden Kreaturen zu, die auf einmal nicht mehr ganz so wild auf mich einschlagen. Sie fliehen aber nicht, sondern kämpfen weiter und ich muss richtig arbeiten, um mich ihrer Schläge zu erwehren.

Dann entscheide ich den Kampf für mich, obwohl ich noch zweimal in arge Bedrängnis komme.

Als ich mich umschaue, erkenne ich, dass der Kampf vorbei ist und alle Gegner geschlagen sind. Zwanzig Gefallene liegen auf dem Kampfplatz. Ich schmecke Eisen und mir wird übel. Ich spucke einen Klumpen Blut aus und versuche, mich zu beherrschen. Keiner von uns ist ohne Verletzung geblieben. Ich blute aus einer Wunde an der Schulter, Oneidavas hat einen Schwertstreich am rechten Oberschenkel abbekommen, Leutherion blutet aus einer Platzwunde am Kopf und Delavar hat einen bösen Schnitt an seiner rechten Hand erlitten.

Milaileé liegt am Boden und Leutherion ist bereits dabei, ihr die Rüstung auszuziehen. Mir läuft es kalt den Rücken runter, als ich die Verletzung sehe. Der Speer des Menschen, der sie angegriffen hat, hat sie in den Bauch getroffen und das Fleisch beim Herausziehen regelrecht zerfetzt.

Bösartige Widerhaken sind an seiner Spitze angebracht. Ihre Haut ist aschfahl und sie atmet schnell und flach.

So können wir nicht weiter. Leutherion kümmert sich um sie, Delavar sammelt Holz für ein Feuer, Oneidavas und ich gehen los und suchen den Waldrand nach Beinwell und Spitzwegerich ab. Wir finden eine ausreichend große Menge. Zudem können wir noch einen Hasen schießen, der allzu neugierig gewesen ist.

Als wir zurückkehren, hat Delavar schon ein Feuer entzündet und in einem kleinen Topf etwas Wasser erhitzt. Während wir aus dem Fett des Hasen und den gesammelten Pflanzen eine Salbe zusammenrühren, die bei der Wundheilung hilft, reinigt Leutherion die Wunde. Milaileé hat inzwischen das Bewusstsein verloren.

Als wir sie so gut es uns möglich ist versorgt haben, kümmern wir uns um unsere Wunden, die ebenfalls behandelt werden müssen. Anschließend suchen wir noch Sauerampfer, um einen blutreinigenden Tee, beziehungsweise eine Tinktur zum Reinigen und Verbinden der Wunden zuzubereiten.

Da wir uns nicht trauen, Milaileé zu bewegen, bleiben wir an Ort und Stelle. Aus den Resten vom Hasen kochen wir eine dünne Suppe. Die Leichen der Goblins und Menschen entfernen wir ein gutes Stück und bauen einen kleinen Unterstand, um uns vor der Witterung zu schützen.

Die Stimmung ist gedrückt und wir reden nicht viel miteinander. Abwechselnd halten wir bei Milaileé Wache. Während ich an der Reihe bin und bei ihr sitze, wird mir erst bewusst, wie wichtig mir meine Gefährten geworden sind.

Mein Herz krampft sich zusammen, als ich Milaileé, die immer zu Scherzen aufgelegt ist und mich mit Freuden geneckt hat, hier hilflos und bleich liegen sehe.

Am Nachmittag wird es immer eindeutiger, dass wir in den nächsten Tagen nicht weiterkommen. Wir werden uns also ein befestigtes Lager bauen müssen, da wir nicht genau wissen, ob alle Angreifer umgekommen sind oder ob jemand fliehen konnte. Ebenso benötigen wir mehr von der heilenden Salbe. Wir sind derart beschäftigt, dass wir zum Grübeln keine Zeit mehr haben.

Als erste Maßnahme ziehen wir den Angreifern die Kettenhemden aus und hängen diese vor die Öffnung unseres Unterstandes. Danach verkleiden wir diese mit Pflanzen und Buschwerk, um das verräterische metallische Glitzern zu vermeiden. Dann fällen wir junge gerade Bäume – ja, auch wir Elfen fällen Bäume, wenn es sein muss – und schneiden diese zurecht, sodass wir eine stattliche Zahl zugespitzter Pfähle erhalten. Diese graben wir rund um unser Lager in den Waldboden.

„Das wird kein Heer aufhalten und ist nur ein sehr dürftiges Bollwerk, dennoch wird es unseren Feinden den Zugang wesentlich schmerzhafter gestalten." Ein grimmiger Gesichtsausdruck hat sich bei Leutherion eingegraben.

Ein paar der Pfähle hängen wir in die Bäume und konstruieren mit einigen Pflanzen einen Stolperdraht, der diese dann herabsausen lässt. Damit sind wir den kompletten Nachmittag beschäftigt.

Oneidavas geht in der Dämmerung in den Wald, um Nahrung zu suchen und einen Vorrat an Heilpflanzen mitzubringen.

Ich erinnere mich an meine Lektionen im Vocaru und bitte ihn, nach Blutwurz Ausschau zu halten. Für diese Pflanze ist der Wald hier eigentlich zu dicht und zu feucht, aber vielleicht haben wir Glück. Eine Salbe aus dieser Pflanze ist wirksamer als die von uns am Morgen gesammelten Kräuter.

Milaileé hat das Bewusstsein noch nicht wiedererlangt, jedoch scheint der Tee aus Birkenrinde, den wir ihr verabreicht haben, die Schmerzen zu lindern. Ihr Atem geht immer noch flach, aber nicht mehr stoßweise, sondern ruhig und gleichmäßig. Ihre Haut ist immer noch weiß, denn sie hat sehr viel Blut verloren. Dagegen können wir von hier aus nichts tun. Ebenso fühlt sie sich eiskalt an. Uns bleibt nichts übrig, wir müssen das Feuer auch in der Nacht beibehalten, damit wir sie wärmen können.

Hoffentlich halten die Goblins, die den Feuerschein sehen, es für eines der ihren. Nervös kundschaften wir die Gegend aus. Leutherion und Oneidavas bleiben im Lager, während Delavar und ich unsere Kreise ziehen. Glücklicherweise bleibt es in dieser Nacht ruhig.

Einem weiteren Angriff hätten wir in unserem Zustand nicht standgehalten.

Wir alle haben Verletzungen davongetragen und hatten am Tag keine Zeit, uns um diese zu kümmern oder uns zu erholen. In dieser Nacht schläft keiner von uns, zu beschäftigt sind wir mit uns selbst. Erst am Tag legen sich zwei von uns zur Ruhe, während die anderen beiden sich um Milaileé kümmern und das Lager weiter befestigen.

Leutherion baut einen Erdofen, damit in der folgenden Nacht der Schein unseres Feuers nicht mehr sichtbar ist.

Ich gehe in den Wald, um Nahrung und Wasser zu organisieren. Delavar legt entfernt kleine Fallen aus, um uns rechtzeitig vor näher kommenden Feinden zu warnen.

In der Abenddämmerung kundschafte ich die Gegend aus. Wir rechnen damit, dass Milaileé, sofern sie die nächsten Stunden überlebt, frühestens Morgen Transportfähig sein wird und wir so lange hier bleiben müssen. Ich umkreise das Lager, wie Milaileé es mir gezeigt hat, wobei ich den Radius langsam vergrößere. In der Ferne sind wieder mehrere Feuer zu erkennen. Ich nähere mich diesen nicht weiter, um unnötige Aufmerksamkeit zu vermeiden. In dieser Nacht bleiben scheinbar auch die Goblins in ihren Lagern, denn ich stoße auf keine frischen Spuren und kehre gegen Mitternacht in unser Lager zurück. Am nächsten Tag geht Oneidavas los, die Gegend zu überwachen.

Dass die Gruppe, die wir vernichtet haben, nicht vermisst wird, wäre zu schön, um wahr zu sein. Wir anderen befestigen unser Lager weiter. Vor unseren gespitzten Holzpfählen tragen wir etwas Boden ab, um so eine kleine Senke herzustellen, die einmal um das Lager herum läuft.

Milaileé ist zwischendurch einmal aufgewacht. Sie konnte etwas Suppe zu sich nehmen, ist aber dann sofort wieder eingeschlafen.

Inzwischen hat sie hohes Fieber bekommen und wenn wir nichts unternehmen, wird sie keine Woche mehr hier in der Wildnis überleben.

Den Tag verbringen wir noch in der Sicherheit unseres Lagers und bereiten unsere Flucht vor. Wir fällen vier kleine Bäume und bauen daraus eine provisorische Trage.

Zwei lange dünne Stämme dienen als Seitenteile und gleichzeitig auch als Tragegriffe. Dazwischen binden wir mit ein paar Efeuranken dünne Hölzer, auf die wir die erbeuteten Kettenhemden spannen, um Milaileé darauf zu betten. Um es weicher zu gestalten, polstern wir die Trage mit Moos und Laub aus.

So vorsichtig wir sie auch bewegen, selbst in ihrer Bewusstlosigkeit scheint sie starke Schmerzen zu haben. Sie stöhnt mehrfach auf und auch die Wunde geht wieder auf, sodass wir sie erst einmal neu versorgen müssen. Auch ihre Haut hat die wenige Farbe, die sie zurückerhalten hatte, wieder verloren.

Da uns das Verbandsmaterial ausgegangen ist, trennen wir uns von den noch einigermaßen sauberen Teilen unserer Oberbekleidung und reißen daraus Stücke, um die Wunde zu reinigen und neu zu verbinden. Oneidavas und Delavar entledigen sich ihrer Hosen, um Milaileé auf der Trage festzubinden, damit sie beim Transport nicht hin und her rutscht. Auch wenn wir ihr mit dem Marsch Schmerzen bereiten, können wir nicht hierbleiben.

Flucht

Am Abend, als die Dämmerung hereinbricht, machen wir uns auf den Weg. Jeweils zwei von uns tragen Milaileé und die anderen sichern zu beiden Seiten unseren Rückzug. Die Sonne verbirgt sich hinter den Wolken, aber immerhin regnet es nicht. Wir entschließen uns, zu dem Grenzpfad zurückzukehren und auf ihm zur Westfeste zurückzureisen. Mit etwas Glück treffen wir auf eine entgegenkommende Patrouille, die uns unterstützen kann.

Wir sind keine Stunde zu früh losgezogen. Der Trupp aus Goblins und Menschen, der uns überfallen hat, scheint tatsächlich vermisst zu werden.

Leutherion kommt von einem Kundschaftergang zurück. „Jetzt wird es spannend." Eine Grimasse verzieht seine Gesichtszüge. „Ich habe mehrere Suchtrupps entdecken können. Ich weiß nicht, ob sie noch nach den Goblins suchen oder schon nach uns. Leider folgen davon unabhängig mindestens drei dieser Trupps unserer Spur", teilt er mit. „Noch sind sie etwa drei Stunden hinter uns. Aber so langsam, wie wir vorankommen, werden wir ihnen nicht entkommen können."

Oneidavas schaut skeptisch nach hinten. „Und wenn sie unsere Spur entdecken, sofern sie es nicht schon längst getan haben, werden sie uns bis zum frühen Nachmittag eingeholt haben. Finden werden sie uns in jedem Fall. Unsere Spur ist deutlich sichtbar und wir haben keine Möglichkeit, sie vernünftig zu verwischen."

Einen Kampf mit auch nur einem dieser Suchtrupps, die mindestens zehn Mann stark sind, werden wir nicht überstehen. Wider Willen entscheidet Leutherion, dass wir uns vom Pfad entfernen und nach Norden in den Wald schlagen.

Für Milaileé wird es eine Tortur und wir müssen immer wieder Pausen einlegen, um ihren Verband zu wechseln. Sie ist bleich wie der Tod und ihre Haut ist schweißnass.

Allmählich geht uns die Kleidung aus. Auch die Salbe, die wir zur besseren Wundheilung angerührt haben, geht zur Neige. Wir müssen neuen Sauerampfer suchen. Dafür bleibt uns jedoch keine Zeit. Wir verwischen unsere Spuren, so gut es geht, und bemühen uns, etwas schneller zu laufen. Aber es ist vergeblich. Delavar teilt uns die unerfreuliche Tatsache mit, dass einer der Suchtrupps nur eine Stunde hinter uns ist. Es handelt sich um fünfzehn Goblins in der schon bekannten Rüstung und mit dieser für diese Kreaturen ungewöhnlichen Disziplin. Glücklicherweise sind es nur Goblins. Delavar konnte keine Menschen in dem Haufen entdecken. Trotzdem wird es nicht leicht und ich male uns keine großen Chancen aus. Wir haben also eine Stunde Zeit, um uns kampfbereit zu machen und einen geeigneten Platz für das kommende Gefecht zu finden.

Eine Anhöhe, mit Fichten und Kiefern bewachsen, soll uns als Kampfplatz dienen. Der Untergrund ist felsig und sollte uns guten Halt geben, während unsere Gegner erst einmal zu uns hinaufklettern müssen.

Derart befestigen wie unseren Lagerplatz im südlichen Grenzgebiet können wir ihn nicht, aber wir verteilen an verschiedenen Stellen unsere Pfeile, um in Bewegung bleiben zu können und so viele der Kreaturen wie möglich auszuschalten, bevor es in den Nahkampf geht.

Milaileé bringen wir in die Mitte der Anhöhe und decken sie mit etwas Unterholz und Moos zu, damit sie kein leichtes Ziel darstellt. Es wundert mich nicht, aber keiner von uns hat auch nur einen Moment daran gedacht sie hier zu lassen und nur unsere eigene Haut zu retten.

Vielleicht schafft es einer von uns zur Feste zurück – im optimalen Falle natürlich wir alle, aber danach sieht es derzeit leider nicht aus.

Kaum sind wir mit unseren Vorbereitungen fertig – also, so fertig, wie man in kurzer Zeit werden kann –, hören wir den Trupp durch das Unterholz brechen. Wir legen jeder einen Pfeil auf die Sehne und warten auf die Kreaturen.

Da sie Kettenhemden tragen, haben wir nur sehr kleine Ziele, denn wir können nur den Kopf oder besser den Hals nehmen. Wir sind alle erschöpft, deswegen ist unsere Trefferquote gering. Gerade einmal fünf Goblins fallen unseren Pfeilen zum Opfer, bevor wir in den Nahkampf gehen müssen.

Wir haben alle Hände voll zu tun, sie von der wehrlosen Milaileé fernzuhalten, ohne selber schlimme Verletzungen zu erleiden. Ich spüre, wie es an meinem linken Arm warm herabläuft. Meine Schulterwunde ist wieder aufgegangen und auch Oneidavas hat schwer zu kämpfen.

Mehr kann ich nicht erkennen, denn ich bin damit beschäftigt, am Leben zu bleiben.

Dann passiert das unausweichliche. Ein wuchtiger Schlag prellt mir das Schwert aus der Hand und ich stehe zwei Gegnern unbewaffnet gegenüber. In meiner Bewegung durch meine Wunden eingeschränkt, kann ich zwei Schlägen nur gerade eben so ausweichen. Dabei stolpere ich und stürze rücklings hin. Ich schlage mit dem Hinterkopf gegen einen Stein und mir wird kurz schwarz vor Augen. Als ich wieder zu mir komme, kann nicht viel Zeit vergangen sein. Ich sehe den Schlag, der mich endgültig ausschalten soll, auf mich zukommen. Irgendwie kann ich gerade noch rechtzeitig genug Energie für eine Reaktion aufbringen. Ich rolle mich zur Seite und der Stoß, der dort niedergeht, wo ich vor einem Augenblick noch gelegen habe, geht ins Leere. Im Rollen ertaste ich einen langen Ast. Ich entsinne mich der Kampfübungen mit Delavar und greife ihn mir. Ich schaffe es tatsächlich, wieder auf die Füße zu kommen. Ich bin nicht geübt, mit dem Stab zu kämpfen, aber da die Goblins mich wehrlos erwarten, habe ich einen Vorteil. Diesen kann ich sofort nutzen.

Meine Fähigkeiten reichen aus, um die Kreaturen zu entwaffnen. Dadurch habe ich genug Zeit, mein fallengelassenes Schwert wieder aufzunehmen. Meine Hände sind glitschig vom Blut und ich habe Schwierigkeiten, die Waffe festzuhalten. Zu meinem Glück sind die Goblinkrieger nun waffenlos. Ich kenne in dieser Situation keine Rücksicht und mache sie kompromisslos nieder. Meine Kameraden haben ihre Gegner ebenfalls niedergestreckt und wir sind erstaunlicherweise noch alle am Leben. Mehr oder weniger jedenfalls.

Einige Augenblicke später fällt uns auf, dass von den fünfzehn Goblins nur dreizehn auf der Lichtung liegen.

Das bedeutet, dass zwei nicht an dem Kampf teilgenommen haben. Diese sind jetzt mit Sicherheit auf dem Rückweg zu den anderen Suchtrupps, um sie als Verstärkung hierher zu führen – jetzt sitzen wir wirklich im Trolldung.

Wir sind nicht mehr in der Lage, weiter zu ziehen. Unsere Wunden sind wieder aufgegangen, neue sind hinzugekommen und Milaileé geht es immer schlechter. Uns bleibt nur übrig, uns jetzt auszuruhen und so viel Kraft zu schöpfen, wie es in der kurzen Zeit, bis uns die anderen Trupps einholen, möglich ist. Wir lassen uns nieder und versuchen uns zu entspannen – und warten.

Es dauert nicht allzu lange, da können wir sie hören. Wir haben alle Pfeile, die wir zuvor verteilt hatten, wieder zusammengesucht. Wir haben nicht mehr die Kraft, von einem Standort zum anderen zu eilen. Sobald sich die ersten Kreaturen sehen lassen, decken wir sie mit Pfeilen ein.

Es sind bestimmt dreißig Goblins, die auf unsere kleine Stellung zukommen. Nachdem wir unsere Pfeile verschossen haben – allzu viele waren es ohnehin nicht mehr –, werfen wir die Bögen weg und ziehen unsere Schwerter. Nun gehen jedoch die Bogenschützen der Goblins in Stellung. Wir hatten vergessen, dass sie neuerdings ebenfalls mit Schusswaffen arbeiten. Und wir haben so gut wie keine Deckung. Da es glücklicherweise keine sehr geübten Schützen sind, können wir die meisten ihrer Pfeile aus der Luft wischen. Ein paar treffen aber ihr Ziel. Ich kann erkennen, dass einer der Pfeile Leutherion in den Oberschenkel trifft und Oneidavas einen in der Seite stecken hat. Beide stehen aber noch aufrecht.

Dann ziehen sich die Schützen zurück und der Nahkampf beginnt. Ein ungewöhnlich groß gewachsener Goblin hat sich mich als Gegner auserkoren und kommt geifernd auf mich zu. Er hält kein Schwert in den Händen, sondern eine mit Stacheln besetzte Eisenkeule – ganz toll. Er prügelt ohne erkennbares Muster auf mich ein und ich habe Mühe, am Leben zu bleiben. Meine Bewegungen werden immer langsamer und fahriger. Vor meinem Gesicht verschwimmt die Welt und ich sehe wie durch einen dichten, wabernden Nebel.

Ich erahne einen Schwertstich in meinem Rücken mehr, als dass ich ihn sehe, und kann ihm gerade noch ausweichen. Dabei gelingt es mir, den Goblin, der sich hinter mich geschlichen hat, auszuschalten. Leider gibt dies dem Keulenträger die Chance, die er braucht, und ein niedrig geführter Schlag fügt mir eine tiefe Verletzung am rechten Bein zu. Es trägt mich nicht mehr und ich liege vor der Kreatur am Boden. Der sengende Schmerz betäubt mich für einen Augenblick. Ich kann nicht einmal mehr den Kopf heben, geschweige denn, dem kommenden Keulenschlag ausweichen. Ich gebe auf und erwarte den tödlichen Schlag.

Plötzlich hält mein Gegner inne und seine Augen werden groß. Er schaut erstaunt an sich herab – ich übrigens ebenso – auf die Pfeilspitze, die aus seiner Brust ragt. Er schaut mich fragend an und bricht zusammen.

Ich kann im Hintergrund erkennen, dass die Goblins von mehreren Elfen angegriffen werden, die aus dem Wald auf die Anhöhe stürmen. Ich glaube, Balladion unter ihnen gesehen zu haben, dann wird mir endgültig schwarz vor den Augen und ich falle in eine erlösende Bewusstlosigkeit.

Als ich die Augen wieder öffne, befinde ich mich noch immer im Wald. Wir sind, wie zuvor, auf der Anhöhe, die uns beinahe zum Verhängnis geworden wäre. Mein Bein ist geschient und ich spüre keine Schmerzen. Um uns herum befinden sich viele Elfen aus der Feste. Also war es keine Einbildung. Man hat uns gerade rechtzeitig gefunden und die Goblins, die uns beinahe vernichtet hätten, ausgeschaltet.

Besorgt schaue ich mich um, kann aber von meinen Standort aus nicht viel erkennen. Der Kampf ist auf jeden Fall vorüber und es wird gerade ein kleines Zelt aufgebaut.

Da sehe ich Balladion vor mir auftauchen. Er setzt sich zu mir auf den Waldboden und ergreift das Wort: „Sei gegrüßt, Sil'ir. Da haben wir euch ja gerade rechtzeitig gefunden. Ich hoffe, wir haben euch nicht den ganzen Spaß genommen." Ein ironisches Grinsen setzt sich auf seine Züge. Er muss meinen Blick richtig gedeutet haben, denn nun lächelt er: „Mach dir keine Sorgen, es haben alle überlebt und auch Milaileé wird es schaffen. Wir werden noch ein oder zwei Tage hier bleiben, damit sie transportfähig wird, und auch du und Leutherion könnt momentan nicht laufen. Ihr ruht euch jetzt aus und kommt wieder zu Kräften, wir anderen kümmern uns um die Goblins."

Seine Worte beruhigen mich sehr und ich schlafe wieder ein. Nach zwei Tagen bin ich soweit wieder genesen und möchte beim Schutz unseres Lagers mitwirken. Das verletzte Bein trägt mich schon wieder. Ich hatte Glück und die Keule hat nur das Fleisch aufgerissen, aber keine Knochen gebrochen. Allerdings muss ich mich nach einigen Augenblicken wieder setzen.

Es hat noch einmal einen Zusammenstoß gegeben. Wir haben im Lager nichts davon mitbekommen, da er sich in einiger Entfernung abspielte und aufgrund unserer jetzigen Anzahl stellen die Goblins vorerst keine Gefahr mehr dar. Aber es wird Zeit, dass wir uns auf den Weg machen.

Milaileé ist wach und kann in einer Trage bewegt werden, ohne dass wir befürchten müssen, dass die Wunde wieder aufbrechen wird. Die Schmerzen sind für sie zwar nur mit starken Schmerzmitteln erträglich, aber besser werden wir sie hier in der Wildnis nicht versorgen können.

Der Plan sieht so aus, dass ein Trupp vorgeht, um die Gegend vor uns zu sichern, ein Trupp zurückbleibt und uns in einigem Abstand folgt, während der Rest zusammenbleibt. So werden wir noch etwa drei Tage benötigen, bis wir die Feste erreichen. Ein Läufer ist schon vorausgeschickt worden, um den Sanitätsbereich zu informieren, dass eine schwer verwundete Person zu erwarten ist.

Wir erreichen mit der kleinen Armee, die uns nun schützt, ohne weitere Zwischenfälle die Westfeste. Milaileé wird sofort auf die Krankenstation gebracht, wir dürfen sie nicht begleiten. Stattdessen müssen wir bei Kildare antreten, um unseren Bericht abzugeben. Das Gespräch dauert bis lange in die Nacht hinein und auch das, was die oberste Grenzwächterin uns aus den anderen Festungen berichtet, sorgt nicht gerade für gute Stimmung.

Kriegsvorbereitungen

Nachdem Leutherion seinen Bericht beendet hat, ist es tiefe Nacht. Zahllose Kerzen und Lampen erhellen den Besprechungsraum. Im Laufe des Gespräches sind weitere Grenzwächter hinzugekommen. Elodiron und einige andere Patrouillenführer, die ich noch nicht kennengelernt habe, schließen sich der Besprechung an. Im Morgengrauen unterbrechen wir die Sitzung, um ein leichtes Frühstück zu uns zu nehmen, anschließend berichten Elodiron und die anderen von ihren eigenen Erfahrungen.

Kildare fasst im Anschluss zusammen, was sie aus den anderen drei Festen an Informationen bekommen hat. Wir selbst haben den Bericht von Linrius aus der Südfeste mitgebracht. Auch die Patrouillen hier im Westen und im Norden haben Zusammenstöße mit Goblins gehabt. Im Norden waren sogar ein paar Trolle dabei. Nur die Ostfeste hat keine nennenswerten Beobachtungen gemacht. Dort ist das Sumpfland schwer zugänglich und die nahe Küste wird von den Kreaturen in der Regel gemieden. Irgendetwas oder irgendjemand scheint die Goblins zu einem großen Heer zu formieren. Das hat es in der Zeit seit dem großen Krieg nicht mehr gegeben und diese Entwicklung ist alarmierend.

Die Festungskommandanten beschließen, ins Kernland zum Hohen Rat zu gehen und die Situation dort zu erörtern. Denn wie es scheint, zieht ein Krieg auf, der weit über die üblichen Zusammenstöße mit den Goblins hinausgeht, und wir müssen uns sorgfältig darauf vorbereiten.

Die Grenzwachen werden in das Feindesland vorstoßen, um so viele Informationen wie möglich zu sammeln. Andere werden die Sippen warnen, die in Grenznähe leben.

Für unseren Trupp ist nun Pause angesagt. Wir bekommen Zeit, uns zu erholen, bevor wir wieder eingesetzt werden. Milaileé benötigt sicher noch einen Monat, bis sie wieder einsatzfähig ist. Wir anderen sollen nach einer Woche die Krieger der Feste trainieren. Wir sind bis jetzt die einzigen, die gegen Menschen gekämpft haben. Diese Erfahrungen sollen wir weitergeben.

So vergeht die Zeit und nach zwei Wochen kann Milaileé auch endlich das Bett verlassen. Auf dem Weg zum Training sehe ich sie im Kräutergarten spazieren. Ich begebe mich zu ihr.

„Hallo Milaileé, darf ich dir Gesellschaft leisten?"

„Gerne. Ich liebe diesen Garten. Es ist so friedlich hier."

Wir spazieren eine Weile schweigend durch den Garten.

„Du siehst besser aus. Sind die Schmerzen weg?"

„Die Schmerzen sind tatsächlich weg. Ich bin schon fast wieder die Alte. Pass auf, bald kann ich dich wieder um den Sandplatz jagen." Sie grinst mich an.

Auch wenn sie keine Schmerzen mehr hat, ist sie noch sehr steif und kann sich schlecht bewegen. Sie versucht es zu verbergen, aber wer ihre sonstige Geschmeidigkeit kennt, der ist darüber nicht hinwegzutäuschen. Sie will aber auf jeden Fall dabei sein, wenn wir in drei Wochen zu einer Patrouille aufbrechen.

In einer Woche haben wir die Tagundnachtgleiche. Dieses zweimal im Jahr vorkommende Ereignis hat für mein Volk große Bedeutung. Bei meiner Sippe wird in dieser Nacht ein großes Fest gefeiert. Auch jetzt, wo die dunklen Wolken eines Krieges aufziehen, werden hier bei der Grenzwache Vorbereitungen für ein Fest getroffen.

„Hast du vielleicht Lust, mit mir zum Fest zu gehen?", frage ich Milaileé. Toll, mal wieder ohne groß nachzudenken drauf los geredet.

Sie schaut mich mit leicht schief gelegtem Kopf an. Dann lächelt sie: „Gerne begleite ich dich auf das Fest. Jedoch werde ich wohl noch nicht viel tanzen können. Wir werden wohl nur den anderen zuschauen können."

„Das macht überhaupt nichts. Ich kann auch gar nicht tanzen."

Wir lachen ein wenig über uns selbst, dann muss ich zum Training.

„Dann muss ich dir ja noch mehr beibringen. Ich dachte, es reicht, wenn ich dir zeige, wie du ein Schwert anfasst. Nun kommt auch noch Tanzen dazu!", ruft Milaileé mir hinterher.

Ich fühle mich auf dem Weg zum Trainingsplatz leicht und beschwingt.

Das Training läuft an diesem Tag sehr gut. Delavar und ich spielen uns langsam aufeinander ein. Er bringt mir bei, mit dem Kampfstab zu arbeiten, und ich zeige ihm, wie er das Schwert führen muss. Wir sollen den Stil des Kampfgefährten zumindest grundlegend beherrschen.

Sie selbst darf zwar noch nicht trainieren, jedoch schaut uns Milaileé bei jedem Training zu und unterstützt uns, wenn auch ihre Kommentare und Anmerkungen nicht wirklich hilfreich sind. und mit diesen Übungen vergeht die Woche bis zur Tag und -nachtgleiche rasend schnell.

Am Abend der Tagundnachtgleiche treffen Milaileé und ich uns vor unserer Unterkunft. Die anderen sind schon etwas eher losgezogen. Gemeinsam gehen wir zu dem Festplatz. Um ein großes Feuer sind lange Tafeln aufgestellt. Etwas abseits stehen Tische, auf denen sich allerlei Leckereien stapeln. Überall unterhalten sich Feiernde, an einigen Stellen wird musiziert oder auch das eine oder andere Gedicht rezitiert.

Die Unterhaltung mit Milaileé ist sehr angenehm. Anders als auf Patrouille ist sie entspannt und kann sogar herzlich lachen. Hauptsächlich sprechen wir über unsere Heimat. Sie erzählt von der rauen Steppe, die nördlich des Waldes im Samacu liegt, während ich von der wilden Schönheit der tiefen Wälder im Kernland berichte. Der Abend vergeht in entspannter Atmosphäre.

Nachdem die Speisen nahezu vollständig vernichtet wurden, begeben sich immer mehr an das Feuer zum Tanz. sWir schauen zu und erfreuen uns an der Musik und dem Tanz unserer Kameraden. Da nimmt Milaileé meine Hand und teilt mir sehr entschieden mit, dass wir nun auch tanzen werden.

„Bist du sicher? Nicht, dass deine Wunde wieder aufreißt!"

Meine Bedenken wegen ihrer Verwundung lässt sie als Ausrede nicht gelten und sie zieht mich auf die Beine.

„Ist gut", gebe ich nach, „musst du wissen. Aber ich kann trotzdem nicht tanzen!"

Auch mein Einwand, dass ich nicht tanzen kann, zählt nicht, sie will es mir beibringen. Oje, das wird peinlich.

„So schwer ist es gar nicht. Denk an die Beinarbeit beim Schwertkampf. Es ist beinahe ähnlich. Nur dass hier nicht der Feind den Takt vorgibt, sondern die Musik."

Mir bleibt nichts anderes übrig, als mich zu fügen und ihr auf den Tanzplatz zu folgen. Wir lassen es langsam angehen, denn auch wenn sie es nicht zugibt, macht die Wunde ihr noch zu schaffen. Sie lässt sich nicht einmal davon stören, dass ich ihr mehrfach auf die Füße trete. Sie bringt mir ein paar einfache Grundschritte bei und scheint es richtig zu genießen, mich zu quälen. Ich muss aber gestehen, dass es mir allmählich auch Spaß bringt.

Als die aufgeregte Röte, die sich über ihre Züge gelegt hat, langsam schwindet und ihre Haut immer blasser wird, zwinge ich sie sanft zu den Tischen.

„So, nun reicht es aber. Du bist ja blass wie ein Geist. Du hast mir genug beigebracht."

Diesmal wehrt sie sich nicht, denn sie ist sichtlich erschöpft. Ich hole jedem von uns einen Krug verdünnten Rotwein und den Rest der Nacht sitzen wir ohne viel zu reden da und schauen den anderen zu. Sie lehnt ihren Kopf an meine Schulter und ist nach kurzer Zeit eingenickt. Es ist eine sehr angenehme Nacht, auch wenn ich mich nicht traue, mich zu bewegen, um sie nicht zu wecken.

Am nächsten Morgen können wir leider nicht, wie sonst nach dem Fest bei mir zu Hause, dem trägen Nichtstun frönen. Hier in der Grenzregion und vor allem bei den Vorzeichen, die herrschen, müssen wir immer höchst wachsam sein.

Das bedeutet, es werden Patrouillen ausgeschickt und die Wehrgänge müssen besetzt werden. Da wir noch eine Woche hier bleiben, sind wir zum Dienst auf der Mauer eingeteilt. Im Vergleich zu einem Patrouillengang im Grenzland ist dieser Wachdienst sehr, sehr öde. Das macht ihn jedoch nicht weniger wichtig. Er hat aber auch seine schönen Seiten. Wenn man am Abend die Sonne in der Ferne untergehen sieht und die ganze Landschaft in rot goldenes Licht badet, dann kann man davon gar nicht genug bekommen. Da um diese Jahreszeit in der Nacht noch keine Feuer auf den Wehrgängen entzündet werden, damit wir besser sehen können, ist der Nachtdienst nicht sehr beliebt, aber jeder muss da durch – ich auch. Mir fällt dieser Dienst sehr schwer. Im Dunkeln muss man sich sehr anstrengen, die Konzentration nicht zu verlieren. Ich habe mich mehrfach dabei ertappt, wie meine Aufmerksamkeit nachgelassen hat und der Geist auf Wanderschaft ging.

Als in dieser Woche absehbar wird, dass Milaileé noch etwas länger benötigt, wird unsere Einheit eine weitere Woche auf der Mauer eingesetzt. Der Ablauf ist zwar relativ langweilig, schlaucht aber auf Dauer doch. Man hat zehn Stunden Wachdienst, dann zehn Stunden Ruhe, danach geht es wieder von vorne los. Zumindest bekommt man so jede Tageszeit mit und muss nicht immer nur in der Nacht auf Wache gehen.

In der dritten Woche nach dem Fest ist Milaileé so weit wieder genesen, dass wir zu einer Patrouille aufbrechen können. Unser Weg führt uns aber nicht in das Land der Goblins, sondern in Richtung Kernland. Kildare sollte sich inzwischen wieder auf dem Rückweg vom Rat befinden.

Für den Fall, dass es einzelnen Kreaturen gelungen ist, unseren Patrouillen zu entkommen, sollen wir ihr entgegen marschieren und ihr für den Rückweg Geleitschutz bieten.

Nun bin ich in meinem fünften Monat als Grenzwächter und ich habe mehr erlebt, als so mancher in seinen ganzen zehn Dienstjahren. Nach den Erlebnissen der letzten Monate vergehen die Tage nun schon in beängstigender Langeweile. Da Milaileé noch nicht ganz mit unserem Tempo Schritt halten kann und schneller ermüdet, machen wir viele Pausen. Diese Zeit nutzen Oneidavas und ich, im Wald nach verschiedenen Kräutern zu suchen. Am abendlichen Lagerfeuer bereiten wir aus diesen dann verschiedene Salben und Tinkturen zu, um für Verwundungen ausgerüstet zu sein und nicht erst im Ernstfall danach suchen zu müssen.

Wir bewegen uns auf genau dem Pfad, den Aranáreb und ich vor ein paar Monaten genommen haben. Nach zwei ereignislosen Wochen treffen wir an einem Nachmittag auf Kildare und ihre zwei Wachen.

Sie ist zwar im ersten Moment erstaunt über unsere Anwesenheit, doch nimmt sie unsere Unterstützung dankbar an.

Nach kurzer Zeit errichten wir unser Nachtlager und Kildare berichtet, was der Rat beschlossen hat: „Ich weiß, die Geschichte kennt jeder von euch. Aber ich beginne trotzdem damit." Wir sitzen gemeinsam am Feuer, als sie mit ihrem Bericht beginnt. „Als unser Volk dieses Land nach dem Krieg der Rassen besiedelt und für sich beansprucht hat, waren wir hier mehr oder weniger allein. Nach und nach siedelten sich um uns herum Goblins und andere Kreaturen an.

Wir errichteten die vier großen Grenzfestungen und bewachen seitdem unsere Grenzen. Niemand kommt herein, wenn wir es nicht zulassen, und die, die unerwünscht in unser Land eingedrungen sind, haben es bereut. Die Goblins waren für uns mehr ein Ärgernis als eine Bedrohung. All die Jahrhunderte haben wir unser Leben gelebt und uns nicht mehr für die Welt um uns herum interessiert. Nun zeigt sich, wie selbstherrlich und vor allem ignorant diese Einstellung ist.

Wir wissen absolut gar nichts mehr über die Welt, die hinter dem Land der Goblins liegt. Im Westen soll es einige Siedlungen und Städte der Menschen geben, in die Berge im Norden sollen sich die Zwerge zurückgezogen haben. Über den Süden oder Osten, geschweige denn darüber, was jenseits der See liegt, wissen wir noch weniger – also gar nichts."

Seufzend nimmt sie einen Schluck aus ihrem Wasserschlauch. „Nun liegen mehrere Aufgaben vor uns. Es werden Krieger in die verschiedenen Himmelsrichtungen geschickt, um zu erforschen, was jenseits der Grenzen liegt, parallel werden die Grenzfestungen erweitert."

Leutherion blickt sie fragend an und auch wir anderen sind neugierig, wie der Rat weiter entschieden hat.

„In der Entfernung von jeweils einem Tagesmarsch sollen kleinere Bastionen auf der Grenze entstehen, um die Überwachung eben dieser zu verbessern und schneller auf eine eventuelle Bedrohung reagieren zu können." Kildare schüttelt sacht den Kopf. „Um eure Frage vorwegzunehmen: Auf eine Verpflichtung, der Grenzwache für eine bestimmte Zeit beizutreten, hat sich der Rat nicht einigen können. Der Dienst an der Grenze bleibt weiterhin freiwillig.

Wir sind also darauf angewiesen, dass so schnell wie möglich viele Freiwillige zu uns stoßen." Kildare seufzt leise. „Wir sind so wenige. Patrouillen an der Grenze entlang zu schicken ist eine Sache, mehr als die vier Festungen zu besetzen eine ganz andere."

Missmutig starrt sie ins Feuer. „Da ich nicht damit rechne, dass in den nächsten Wochen scharenweise Rekruten vor den Toren der Grenzwachen stehen werden, müssen wir mit dem klarkommen, was wir haben."

Schweigen breitet sich in der Gruppe aus.

„Wenn wir die Feste wieder erreicht haben, werden also verschiedene Trupps mit verschiedenen Aufgaben losgeschickt. Den Weg zurück werde ich nutzen, um einen Plan auszuarbeiten, welcher Trupp wohin gehen wird." Nachdenklich schaut sie in die Runde. „Die einen erkunden die Lande hinter dem Horizont, andere bereiten den Boden für die Bautrupps vor und eine weitere wirbt bei den Sippen um den Beitritt bei der Grenzwache. Denn nur mit der Besatzung von den vier Festungen werden wir keinem Angriff einer disziplinierten Armee aus Goblins standhalten können. Sie werden uns sicher nicht den Gefallen tun, über die gesamte Grenze verteilt anzugreifen."

Mehr sagt sie dazu nicht und auch den Rest unserer Reise erzählt sie nichts von ihren Überlegungen.

Als wir wieder in der Feste ankommen, hält der Herbst Einzug. Man sieht kaum die Hand vor Augen, so dicht ist der Nebel, der gegen Mittag aufgezogen ist.

Die oberste Grenzwächterin ruft sogleich alle Patrouillenführer zu einer Besprechung zu sich. Leutherion gibt uns für den Rest des Nachmittags frei und begibt sich zu Kildare.

Wir anderen kümmern uns um unsere Ausrüstung und unterhalten uns über das, was da wohl auf uns zukommen mag. Am nächsten Tag werden wir auf den Versammlungsplatz gerufen. Wie die oberste Wächterin es uns schon auf dem Weg zur Feste mitgeteilt hat, werden mehrere Trupps ausgesandt, um die Länder hinter dem Goblingebiet auszukundschaften.

Da Balladion und Milaileé zumindest die Grundlagen der Zwergensprache beherrschen, wird unser Trupp in den Norden geschickt, um dort die Lage zu erkunden. Wenn wir sehr viel Glück haben, können wir vielleicht sogar Kontakt zu dem kleinwüchsigen Volk aufnehmen.

Wir brechen noch an diesem Vormittag auf und marschieren erst einmal zur Nordfeste, von wo aus wir in das nördliche Gebirge vorstoßen werden. Da die Grenzwachen verstärkt wurden, erreichen wir die Nordfeste ohne Zwischenfälle. Der Aufbau ist identisch mit der Westfestung. Anders als im Süden, wo viele Farben und Malereien die Räume verzieren, ist hier, wie auch bei uns im Westen, höchstens einmal ein Wandvorhang oder ein Teppich zu finden. Wir erholen uns einen Tag und rüsten uns aus, dann brechen wir ins Unbekannte auf.

Der Norden

Der Regen, der seit Tagen die Landschaft tränkt, lässt langsam nach. Wir sind inzwischen zehn Tage unterwegs und befinden uns inmitten einer großen, mit Gras bewachsenen Ebene. Momentan können wir uns nur in der Nacht fortbewegen, da es hier von Goblins nur so wimmelt und wir wegen fehlender Waldstücke kaum Deckung finden. Dadurch kommen wir sehr langsam voran. Die Berge sind noch immer einige Tage entfernt und scheinen gar nicht näher zu kommen. Die Tage verbringen wir geschützt hinter Ginsterbüschen, die hier in größeren Mengen wachsen und erstaunlicherweise noch in voller Blüte stehen – bequem ist was anderes – oder, wenn wir eine der vereinzelten Baumgruppen erreichen, im Geäst der Bäume. Dies wird nicht mehr lange möglich sein, denn die Bäume besitzen kaum noch Laub, und je weiter wir nach Norden kommen, desto seltener finden wir ausreichend großen Baumbestand.

In der Nacht können wir den Goblins leicht entgehen, denn den Feuerschein ihrer Lager und Siedlungen können wir schon von Weitem erkennen und in einem entsprechenden Abstand daran vorbeigehen.

Bis jetzt hatten wir Glück und konnten Begegnungen jeglicher Art vermeiden. Leider war es uns nicht möglich, zu jagen oder anderweitig Nahrung zu sammeln. Das Risiko wollen wir nicht eingehen. Zumal wir auch keine lohnenswerte Beute entdecken konnten. Bei diesem Wetter wagen sich nicht einmal die Hasen aus ihren Behausungen. Nun gehen unsere Nahrungsvorräte langsam zur Neige. Das Trinkwasser stellt kein Problem dar. Das ist im Überfluss vorhanden.

Da wir seit Tagen kein Feuer gemacht haben, sind wir bis auf die Knochen nass und völlig durchgefroren.

Kein Stück unserer Ausrüstung ist mehr trocken. Die Bogensehnen kann ich wegwerfen, die taugen zu nichts mehr. Selbst unser spärlicher Proviant ist feucht und kaum noch genießbar. Angewidert starre ich auf ein Stück schimmeliges Brot.

„Das reicht." Leutherion hält an. „Wir werden in dieser Nacht nicht weiterziehen. Wir werden unsere Nahrungsvorräte aufstocken. Ich kann dieses schimmelige Zeug nicht mehr sehen."

„Ein kleines Feuer wäre auch einmal schön. Ich wäre sogar bereit, es dafür mit hundert Goblins aufzunehmen. Hauptsache, mir wird mal wieder warm", wirft Milaileé ein.

„Sil'ir, schnapp dir Oneidavas und versucht etwas Essbares aufzutreiben. Seid bitte vorsichtig. Haltet euch auf jeden Fall von den Feuern der Goblins fern!"

„Och, die sind aber schön groß, da wird uns bestimmt schnell warm", entgegnet Oneidavas grinsend.

Trotz unserer bitteren Erfahrung vor ein paar Wochen müssen wir alle lachen.

Oneidavas und ich begeben uns auf die Jagd, die anderen entzünden in der Zwischenzeit ein kleines Lagerfeuer in der Hoffnung, dass es nicht auffällt oder die Kreaturen denken, es sei eines der ihren. Es gelingt uns tatsächlich, vier Hasen zu erbeuten, die so unvorsichtig waren, die erste trockene Nacht seit Tagen zu nutzen, um ihren Bau zu verlassen.

Wir rösten das Fleisch über dem Feuer und genießen die erste warme Mahlzeit seit Langem.

Mit dem kläglichen Rest unseres Mahls ergänzen wir unsere Vorräte. Viel ist es nicht, aber wir müssen uns damit begnügen, denn etwas Besseres haben wir derzeit nicht. Irgendwelche Beeren oder Kräuter sind hier in der grasbewachsenen Landschaft leider auch nicht zu finden.

Es tut gut, wieder einigermaßen trocken zu werden. Das kleine Feuer reicht leider nicht, um sämtliche Kleidung trocken zu bekommen.

Im Morgengrauen löschen wir das Feuer, vernichten die Spuren unserer Anwesenheit, so gut es bei dem matschigen Untergrund geht, und ziehen uns in ein in der Nähe gelegenes Heidegebüsch zurück.

Wir benötigen anschließend noch dreizehn Tage, um das Gebirge zu erreichen. Seit etwa vier Tagen lassen wir die nächtlichen Feuer der Goblins immer weiter hinter uns zurück und verlassen das Gebiet der Kreaturen. Wir kommen nun schneller voran, da wir nicht mehr so vorsichtig sein müssen und auch am Tage marschieren können.

Am Fuße des Gebirges beginnt ein Wald, der sich bis weit in die Höhenlagen erstreckt. Dorthin ziehen wir uns erst einmal zurück, um uns auf unser weiteres Vorgehen vorzubereiten. Wir bauen uns ein Lager mit einem Unterstand und einer vernünftigen Feuerstelle, um endlich trocken zu werden. Wir befinden uns am Ende des Herbstes und es wird hier am Rande des Gebirges schon empfindlich kalt in der Nacht.

Wir nutzen den Wald, um ausreichend Vorräte anzulegen. Wir benötigen neue Bogensehnen, da unsere alten den Dienst nun endgültig aufgeben. Nach einer Woche sind wir wieder gut gerüstet, um den Weg in die Berge zu wagen.

Wir streifen durch einen dichten Nadelwald, der immer lichter wird, je weiter wir in die Berge vordringen. Die Tiere sind die einzigen Bewohner des Waldes. Wir entscheiden uns, an der Vegetationsgrenze zwischen Wald und Gebirge entlangzuwandern, vielleicht stoßen wir am Gebirgsrand auf Siedlungen von Menschen oder Zwergen.

„Meint ihr, die Zwerge siedeln hier am Waldrand, wenn sie doch ein großes Gebirge zur Verfügung haben?", frage ich irgendwann in die Runde.

„Naja, wenn wir ehrlich sind, wissen wir gar nichts von dem Volk. Ich spreche die Sprache etwas. Die habe ich mir aber aus alten Büchern selbst beigebracht. Ich glaube schon, dass die Zwerge hauptsächlich im Gebirge leben. Wenn man den alten Schriften glaubt, dann halten sie aufmerksam Wache, damit niemand ungesehen ihr Land betritt." Milaileé schaut nachdenklich zu den Berghängen hinüber.

Leutherion erklärt sich: „Genau aus diesem Grund halten wir uns an diese Linie. Wenn wir Glück haben, werden wir entdeckt und man kommt zu uns. Die Chance mag gering sein, jedoch werden wir die Zwerge gar nicht finden, wenn wir uns im Wald fortbewegen."

„An menschliche Siedlungen glaube ich hier nicht", beteiligt sich Balladion an der Diskussion. „Hier gibt es keine Goblins und ich glaube, dass wir sie in der Ebene zurückgelassen haben. Die Menschen sollen viel weiter im Süden und Westen leben. Ich bin optimistisch, dass wir hier am Rande des Gebirges Zwerge treffen."

Von den Goblins oder anderen üblen Kreaturen haben wir schon tagelang keine Spuren mehr finden können.

Unsere Aufmerksamkeit richtet sich jetzt ganz besonders auf die Spuren und Zeichen, die uns unbekannt sind.

„Wir müssen uns besonders vorsehen. Hier im Norden soll es nicht nur Zwerge geben. Auch Trolle und Oger treiben hier ihr Unwesen."

Leutherion schaut bei seinen Worten skeptisch umher. An den Abenden zeichnet er eine Karte, in der die Geländebegebenheiten und auch die Zeit, die wir für die zurückgelegte Strecke benötigen, notiert wird.

Wir konnten keinerlei Pfade oder gar Straßen erkennen und sind durch die Wildnis marschiert. Wir sind hier wirklich im Niemandsland oder die Bewohner kümmern sich nicht um die Goblins. Tatsächlich haben wir den Eindruck, dass die Geschäftigkeit der Kreaturen sich hauptsächlich in Richtung unseres Volkes konzentriert.

Je weiter wir vom Zentrum des Goblingebietes in Richtung Norden vorgedrungen sind, desto leichter ist es uns gefallen, die Siedlungen und Ansammlungen der Goblins zu umgehen. Sie haben den Norden ihres Landes nicht weiter besiedelt oder sich zumindest für den jetzigen Zeitraum in den Osten zurückgezogen.

Inzwischen sind die Temperaturen so weit gefallen, dass der Boden gefriert und wir jede Nacht ein Feuer unterhalten müssen, um keine Erfrierungen zu riskieren. Der Winter steht kurz bevor und mir kommt der Gedanke, dass es nicht besonders klug war, sich mitten in dieser Jahreszeit ins Gebirge zu begeben. Meine Kameraden teilen meine Meinung. Wir sollten den Frost des Winters auf jeden Fall hier in der bewaldeten Region am Fuße der Berge verbringen.

„Gut", willigt Leutherion ein, „wir werden uns hier einen vernünftigen Lagerplatz einrichten. Ich denke, es ist besser, wenn wir nicht blind herumstolpern. Hier haben wir genug Feuerholz, um nicht zu erfrieren."

Diese Entscheidung soll sich als sehr richtig erweisen, denn schon wenige Tage später fällt der erste Schnee. Wir errichten uns einen stabilen Unterschlupf, in dem wir die nächsten Wochen behaglich verbringen können. Dazu müssen wir einige Bäume fällen. Wir bauen uns mit ihnen eine kleine Hütte, damit wir vor Wind und Wetter geschützt sind.

An Wasser mangelt es nicht, denn in unmittelbarer Nähe sprudelt ein quirliger Gebirgsbach an unserem Lager vorbei und auch Wild gibt es hier genug, sodass wir es gut aushalten können.

Wir unternehmen jeweils zu zweit oder dritt kleine Streifzüge in die nähere Umgebung, kehren aber am Abend immer wieder in unser Lager zurück. Der Schneefall nimmt langsam zu und die Streifzüge fallen immer kürzer aus.

An einem Tag kommt Balladion zur Mittagszeit zurück und berichtet von seltsamen Spuren in der Nähe. „Es ist nicht weit weg, etwa eine Stunde. Solche Spuren habe ich noch nicht gesehen."

„Wie sehen sie aus?" Delavar ist sofort neugierig.

„Sie sehen aus wie dreizehige Füße in der Größe eines Bären."

Keinem von uns sagt diese Beschreibung etwas. Wir gehen gemeinsam zur Fundstelle, um uns die Spuren anzusehen. Wir können damit alle nichts anfangen. Von einem Tier scheinen sie nicht zu stammen.

Sie sind sehr tief in den Schnee eingedrückt und da es immer noch schneit, können sie noch nicht allzu alt sein. Wir folgen den Spuren, brechen die Verfolgung in der Dämmerung aber ab und kehren zu unserem Lager zurück.

„Was glaubt ihr, war das für ein Wesen?" Delavar hat die Neugier gepackt.

Oneidavas rät: „Von der Größe her würde ich sagen Oger oder Troll."

„Na toll, das hat uns ja noch gefehlt." Milaileé ist nicht sehr begeistert. „Vielleicht lässt uns das Was-auch-Immer in Ruhe und wir bekommen keine Schwierigkeiten damit. Wir sollten jedoch aufmerksam sein."

Ich gestehe, auch ich bin neugierig, was für eine Kreatur diese gewaltigen Spuren hinterlassen haben könnte. Wir spekulieren noch ein wenig, kommen aber zu keinem weiteren Ergebnis. In der Nacht halten wir zu zweit Wache, aber bleibt es ruhig.

Als wir am nächsten Morgen unseren Unterschlupf verlassen, hat der Schneefall aufgehört und der Himmel zeigt sich in einem strahlenden Blau. Dafür ist es noch einmal deutlich kälter geworden. Wir räumen den Schnee vor unserem Lager weg und sind uns einig, heute nicht auf Kundschaft zu gehen. Wenn hier unbekannte Wesen im Wald herumschleichen, dann ist es sinnvoll, unser Lager noch weiter zu befestigen, denn wir wissen nicht, womit wir es zu tun bekommen. Auch müssen wir unsere Vorräte wieder auffüllen und Feuerholz sammeln. Unsere Hütte wird einem Angriff, egal von wem, auf keinen Fall standhalten.

Aber wir räumen rundherum auf. Der Schnee wird beseitigt und wir entfernen alle Steine und Unebenheiten.

Als wir von einem Streifzug durch den verschneiten Wald zu unserem Lager zurückkehren, können wir dieselben Spuren, die Balladion gestern gefunden hat, in unmittelbarer Nähe entdecken. Wir sind sofort alarmiert, können allerdings keine Gefahr erkennen. Auch der Wald wirkt vollkommen normal. Die üblichen Geräusche, auch wenn sie im Winter anders ausfallen, sind zu hören. Erst in der Abenddämmerung ändert sich die Atmosphäre spürbar.

Als wir, auf die Veränderung aufmerksam geworden, nach draußen treten, können wir zwei riesige Schatten wahrnehmen, die sich im Wald verstecken. Ein dumpfes Grollen kommt aus dieser Richtung.

„Wir haben wohl kein Glück. Sie wollen uns doch nicht in Ruhe lassen. Klein sind sie nicht gerade." Leichte Ironie schwingt bei Oneidavas' Worten mit.

Wir ziehen unsere Waffen. Ich nehme erst einmal den Bogen, um aus der Entfernung schon etwas ausrichten zu können.

Noch können wir nur die Schatten sehen, aber die Kreaturen, was auch immer es für welche sind, kommen langsam näher. Aus der Dunkelheit des Waldes schälen sich zwei riesige Gestalten heraus. Sie sind bestimmt drei Meter hoch, sehr breit und stämmig gebaut. Sie sehen einem Oger nicht unähnlich, nur kleiner. Sie sind sehr stark behaart und tragen außer einem Lendenschurz keinerlei Kleidung oder gar Rüstung.

Beide halten jeweils eine riesige Keule in den Händen – ich denke, es sind eher junge Bäume – und machen einige Drohgebärden in unsere Richtung.

„Naja, wenn sie uns mit den Bäumen, die sie da tragen, erwischen, brauchen wir uns wenigstens keine Sorgen mehr um ihre Zähne zu machen."

Delavar hat recht. Die Zähne, die sie uns entgegen fletschen, sind mehr als eindrucksvoll. Bestimmt eine Handbreit lang und sehr, sehr scharf.

Wir gehen etwas auseinander, um genug Platz zu haben. Noch schieße ich meinen Pfeil nicht ab, vielleicht kommen wir hier ohne Kampf heraus, auch wenn es derzeit nicht so aussieht. Als beide Kreaturen – es sind tatsächlich Bergtrolle – mit den Keulen auf den Boden schlagen, erbebt die Erde. Dann heben sie ihre Waffen und stapfen auf uns zu. Ich schicke meinen Pfeil auf die Reise und muss entsetzt feststellen, dass er nichts ausrichtet. So gar nichts. Er prallt doch tatsächlich von der ledrigen Haut der Trolle ab und verschwindet im Wald.

„Das kann ja heiter werden", murmle ich leise vor mich hin. Ich werfe den Bogen weg und ziehe mein Schwert.

Zielstrebig kommen die Trolle auf uns zu gestapft. Wir gehen nun ebenfalls zum Angriff über und treten ihnen entgegen.

Ich schneide mit meinem Schwert über die Oberschenkel der Kreatur und füge ihr lediglich einen kleinen Schnitt zu. Er ist ihr wohl nicht einmal aufgefallen, denn sie stürmt ohne innezuhalten weiter auf Delavar zu.

Die Haut der Trolle ist sehr dick, jedenfalls dient sie ihnen genau so gut wie uns unsere Rüstung. Das wird ein hartes Stück Arbeit, diese zwei Monster zu Fall zu bringen. Ich setze meinem Gegner nach und noch bevor er Delavar erreicht, versuche ich ihm die Kniesehnen durchzuschneiden. Wohlgemerkt, ich versuche es. Auch hier ist die Haut so dick, dass mein Schwert nicht gefährlicher ist als der Stachel einer Wespe. Immerhin hat der Troll jetzt wahrgenommen, dass ich da bin, und wendet sich mir zu. Das gibt Delavar Zeit, sich zu überlegen, wo er mit seinem Kampfstab am meisten bewirken kann. Ich tanze ein wenig um die Kreatur herum und versetze ihr eine Vielzahl von Stichen an den Beinen und am Bauch, nicht gefährlich, aber doch sicherlich unangenehm.

Delavar setzt zu einem Sprung an und zieht ihm den Stab über den Schädel. Leider scheint auch das nicht viel zu bringen. Der Troll bleibt nur stur stehen und sucht sich nun Delavar als neuen Gegner aus.

Wenn die Ungeheuer nicht so langsam und träge wären, würden wir jetzt in Schwierigkeiten stecken. Noch ist es uns ein Leichtes, ihren Keulenhieben auszuweichen. Wir müssen den Kampf möglichst bald beenden, denn erstens wird es nun dunkel und zweitens ist auch unsere Kraft nicht unerschöpflich.

Da kommt mir eine Idee. Ich bedeute Delavar, sich kurz etwas zurückzuziehen, und laufe auf einen jungen Baum zu. Dort stoße ich mich am Stamm ab und befinde mich nun auf Augenhöhe des Trolls. Mir gelingt es, ihn zu blenden, indem ich mein Schwert einmal quer über sein Gesicht ziehe.

Vielleicht war die Idee auch nicht so gut. Jedenfalls schlägt der Troll jetzt blind und in Panik wild um sich. Ich schaffe es nicht, seiner Keule zu entgehen. Ich kann gerade noch mein Schwert zwischen die Keule und mich bringen. Das verhindert zwar den Treffer nicht, jedoch bleiben meine Knochen heil. Der Schlag ist so heftig, dass es mich von den Füßen reißt und mich in hohem Bogen auf unseren Unterschlupf krachen lässt. Ich stürze durch das Dach, welches meinen Fall glücklicherweise abfedert. Das komplette Dach kracht anschließend mit mir zusammen nach unten. Außer einigen Splittern bekomme ich nichts ab. Das Glück ist mir noch einmal hold.

Dann sehe ich, dass Balladion dem von mir geblendeten Troll sein Schwert in den Hals gerammt hat. Diese Kreatur ist damit besiegt. Ich will gerade aufatmen, als sie in meine Richtung stolpert und droht, genau auf mich zu fallen. Oh Scheiße, wenn mich der Troll unter sich begräbt, bin ich platt. Ich rappele mich auf und es gelingt mir, gerade rechtzeitig aus dem Unterschlupf heraus und dem Troll zu entkommen. Mit einem Krachen fällt er in unseren Verschlag und zerstört ihn völlig. Dann bleibt er liegen und regt sich nicht mehr.

Ich will mich dem Kampf gegen das zweite Ungeheuer anschließen. Das ist jedoch nicht mehr notwendig, da Leutherion, Oneidavas und Milaileé ihm in diesem Moment den Garaus machen.

Den Kampf haben wir gewonnen.

Wir haben auch keine Verletzungen davon getragen, nun aber ein ganz anderes Problem.

Von unserem Winterquartier sind nur noch Bruchstücke übrig und der Schneefall setzt wieder ein. Wir entfachen ein neues Feuer, um uns zu wärmen. Anschließend bringen wir die toten Trolle weiter weg und bauen uns ein notdürftiges Dach.

„Hoffentlich tauchen die nicht im Rudel auf, das könnte dann anstrengend werden." Mit diesen, ironischen Worten schleudert Delavar ein zerbrochenes Stück Dach beiseite.

Wir entscheiden uns, morgen einen anderen Platz für unser Quartier zu suchen. Wir legen uns am Feuer alle dicht beieinander, um von der Körperwärme des jeweils anderen zu profitieren. Ich bemerke, wie sich Milaileé an mich schmiegt, und lege ganz vorsichtig die Arme um sie. Entgegen meiner Erwartung streift sie die Arme nicht zurück, sondern kuschelt sich weiter hinein. Trotzdem ist es eine lausig kalte Nacht und wir sind alle sehr früh wieder auf den Beinen.

Wir packen zusammen, was noch heil ist, und ziehen weiter. Kurz diskutieren wir, ob es nicht sinnvoller ist, tiefer in den Wald zu gehen. Wir entscheiden uns dagegen. Dort sind wir zwar vor dem schneidenden Wind und dem Schnee besser geschützt, andererseits sind wir der Ansicht, dass wir dort keine Spur der Zwerge finden werden. Die werden sich den alten Geschichten zu Folge im Gebirge aufhalten. Wenn wir also hier am Rand der Waldgrenze nach Spuren einer Zwergensiedlung Ausschau halten, wird das erfolgversprechender sein, als wenn wir uns im Wald verstecken.

Daher gehen wir den Vormittag weiter, bis wir eine gute Stelle für ein neues Lager finden. Vor allem sorgen wir dafür, dass die Hütte stabiler wird als unsere vorherige.

Von unserem Standort aus führt eine kleine Schlucht in die Berge hinein nach Norden. Vielleicht haben wir Glück und finden eine Siedlung der Zwerge.

Wir verstecken unser Feuer diesmal nicht. Wir wollen hier nicht heimlich herumschleichen. Wenn die Zwerge einen Feuerschein am Waldrand sehen, werden sie mit etwas Glück neugierig und kommen vorbei.

Der Schneefall hat zugenommen und wir ziehen uns in unseren Unterschlupf zurück. Unsere Laune ist auf einem Tiefpunkt angekommen, trostloser kann es kaum noch werden. Obwohl wir erst späten Nachmittag haben, können wir durch den fallenden Schnee gerade einmal fünfzig Schritt weit sehen. Deswegen werden wir diese Schlucht erst erkunden, wenn das Wetter etwas besser wird.

Wir haben die Reste unseres von den Trollen zerstörten Lagers mitgebracht, so müssen wir uns zumindest heute nicht um Brennstoff sorgen und können uns am Feuer wärmen. Da die Region hier im Winter sehr schneereich sein soll und der Winter sehr lange dauert, werden wir bald die Zwerge finden müssen. Sonst können wir uns darauf einrichten, die Stelle, an der wir nun lagern, den gesamten Winter nicht mehr verlassen zu können.

In die Berge

Den gesamten nächsten Tag verbringen wir damit, unser neues Lager zu befestigen und einzurichten. Erst gegen Abend lässt der Schneefall merklich nach. Bis in die Dunkelheit hinein sammeln wir Feuerholz, um in den nächsten Tagen, sofern es möglich ist, die Schlucht erkunden zu können. Die Aussicht, hier in der Wildnis den kompletten Winter verbringen zu müssen, muntert uns nicht gerade auf und wir hoffen, rechtzeitig auf die Zwerge zu stoßen. Die Nacht verbringen wir dicht am Feuer um uns zu wärmen. Da immer mehr Sterne zu sehen sind, wird es morgen wohl keinen neuen Schnee geben und wir beschließen, mit unseren Erkundungen zu beginnen, sobald die Sonne aufgeht.

Aufgrund unserer Erfahrung mit den Trollen bleiben wir von nun an alle zusammen und kundschaften die Gegend gemeinsam aus. Durch tiefen Schnee folgen wir der Schlucht in die Berge. Anfangs sind die Felswände um uns herum nur flach und auch noch einzelne Bäume sind hier und da zu sehen. Gegen Mittag werden die Wände höher und auch die Vegetation zieht sich immer mehr zurück.

Da wir hier keine Möglichkeit haben, uns einen Schutz für die Nacht zu errichten, müssen wir am frühen Nachmittag umkehren, um rechtzeitig wieder unser Lager zu erreichen. Ein bisschen beneide ich die Trupps, die in den Süden oder Westen geschickt worden sind. Dort ist es bestimmt angenehmer als hier.

Als wir wieder zu unserem Unterschlupf zurückkommen, finden wir diesen unverändert vor. Nicht einmal Spuren von den Tieren des Waldes sind in der Nähe.

Da wir noch einige Vorräte haben, müssen wir heute nicht jagen, sondern können uns an die Pläne für die nächsten Tage machen.

„So wird das nichts. Wir müssen uns etwas einfallen lassen. Einen halben Tag hin und einen halben zurück, wir stoßen wir nicht tief genug in das Gebirge hinein." Leutherion Laune ist alles andere als gut.

„Wir benötigen Geduld. Wir sind doch gerade erst hier angekommen." Ich denke, dass wir einfach mehr Zeit investieren müssen.

Am morgigen Tag wollen wir das gesamte Tageslicht nutzen, um die Schlucht zu erforschen. Das bedeutet, dass wir genug Holz und Essen mitnehmen müssen, um in der Nacht ein Lager unterhalten zu können.

Wir haben Glück, in dieser Nacht fällt kein Neuschnee und wir brechen wieder im Morgengrauen auf. Kurz nachdem wir die Stelle erreicht haben, an der wir gestern umgedreht sind, macht der Pfad einen Schwenk nach Osten. Hier liegt kaum noch Schnee auf dem Boden. Die Wände sind hier inzwischen so hoch, dass die Schneeflocken nicht mehr bis auf den Grund fallen können. Das erleichtert zwar das Laufen, jedoch weht hier ein eisiger Wind, der uns die Feuchtigkeit auf der Kleidung gefrieren lässt.

Hier können wir keine Rast machen, wir wären am Morgen steif gefroren. Also gehen wir weiter. Hier in dieser Schlucht wird es zu allem Überfluss früh dunkel, da die Wände die tiefstehende Sonne abschirmen. Jetzt wird es wirklich ungemütlich.

Wir haben glücklicherweise daran gedacht, eine Laterne mitzunehmen, und so wandern wir im Dunkeln weiter. Nach einiger Zeit findet Leutherion eine Nische im Felsen zu unserer linken. Dort haben wir alle Platz und können mit unserem mitgebrachten Holz sogar ein kleines Feuer entzünden. Wir reden nicht viel, dazu sind wir zu erschöpft. Der schneidende Wind und die Kälte zerren an unseren Kräften.

Eng aneinandergeschmiegt, um uns gegenseitig zu wärmen, fallen wir in einen unruhigen Schlaf.

Am nächsten Morgen, lange bevor wir die ersten Sonnenstrahlen sehen können, machen wir uns auf den Rückweg. Es hat keinen Sinn, mitten im tiefsten Winter ein Gebirge zu durchsuchen. Zumal wir uns in dieser Gegend überhaupt nicht auskennen und auch keine Karte von diesem Gebiet besitzen. Weiterzugehen wäre Selbstmord. Wir haben bereits am Abend beschlossen, unser Lager für den Winter zu befestigen und erst im Frühjahr weiter in die Berge zu ziehen.

Für den Rückweg benötigen wir deutlich länger und kommen erst gegen Mitternacht an unserem Lager an. Trotz halb erfrorener Finger und Hände gelingt es uns, das Feuer zu entfachen, und nach kurzer Zeit können wir uns etwas auftauen. Aus den Resten unserer Vorräte kochen wir uns eine wärmende Suppe. Morgen müssen wir dringend Nahrung und Feuerholz beschaffen. Ebenso benötigen wir Bauholz, um unseren Unterschlupf weiter zu befestigen.

Super, am Morgen wachen wir auf und ein dichter Schneefall hat eingesetzt. Warum sollte es auch einfach werden?

Wir teilen uns auf. Milaileé, Oneidavas und ich gehen auf Nahrungssuche, Leutherion und Balladion kümmern sich um die Holzvorräte.

Das Jagdglück ist heute mit uns und wir kehren am Abend mit drei Rehen und mehreren Hasen zurück. Leutherion und Balladion haben einen ordentlichen Stapel an Brennholz gesammelt. Auch können wir unseren Unterstand erweitern. Balladion hat in einem Flussbett einige passende Steine gefunden, womit er in den nächsten Stunden eine recht passable Kochstelle baut, an der wir das Fleisch räuchern und garen können. Auf Gemüse und Kräuter müssen wir leider verzichten, denn hier ist nichts zu finden.

So verbringen wir die nächsten Tage damit, aus unserem Unterschlupf eine richtige kleine Hütte zu bauen, die dem Winter trotzen kann. Es ist natürlich nicht dasselbe wie zu Hause, doch wird es reichen müssen. Nach einer guten Woche haben wir eine winterfeste Hütte und genug Vorräte, um die nun vermehrt auftretenden Schneestürme in der Hütte auszuhalten. Wären wir von einem dieser Stürme mitten im Gebirge überrascht worden, wäre das sicher nicht gut ausgegangen.

Wir verbringen den Winter bei eintönigem Nichtstun. Wenn das Wetter es zulässt, trainieren wir draußen vor unserer Hütte, um uns fit zu halten. Wir vertreiben uns die Zeit damit, Geschichten zu erzählen und Lieder zu singen. Ich bin darin nicht sehr gut und höre lieber zu. Wir spekulieren viel über die Geschehnisse im Grenzland und darüber, was das für ein blaues Leuchten gewesen sein könnte.

Delavar spricht zuerst den Gedanken an eine magische Explosion aus. „Das könnte doch eine Möglichkeit sein! Unsere Alten haben doch schon gespürt, dass die Magie wieder stärker geworden ist."

„Ja, aber eine magische Explosion? Wie soll das denn gehen?" Milaileé ist misstrauisch.

Leutherion ist aber Delavars Ansicht nicht abgeneigt. „Wenn die Goblinschamanen mit dieser wieder erstarkenden Magie herumgespielt haben, warum soll es nicht zu einer Explosion gekommen sein?!"

„Immerhin gab es früher gewaltige Kampfzauber. Sowohl wir als auch die Menschen beherrschten die Magie so weit, dass wir Explosionen oder auch magische Geschosse steuern konnten. In den Aufzeichnungen steht viel über Anwendungen der Magie, die misslungen sind.

Von Explosionen steht zwar nichts wortwörtlich darin, aber vorstellen kann ich es mir." Auch Oneidavas hält die Erklärung für plausibel.

Ich halte mich da raus, denn ich habe diese Bücher, die sich mit unserer Vergangenheit beschäftigen, niemals studiert.

Da wir keine Erklärung haben, die logischer ist als die von Delavar, steigen wir auf diese Vermutung ein und überlegen, was alles möglich werden wird, sollte die Magie tatsächlich stärker werden.

Während wir also hier sitzen und dem Schneegestöber zuschauen, baut unser Volk an den Festungsanlagen, die entlang der Grenze errichtet werden sollen. Auch dort ist Winter und die Arbeiten werden jetzt, bei diesem Frost, sicherlich ruhen. Wir diskutieren, wie weit sie schon sind.

Auf unserer isolierten Mission im tiefsten Winter haben wir keine Möglichkeit, an Neuigkeiten zu kommen, und müssen uns in Geduld üben.

Mir hat der Winter nie viel ausgemacht. Es ist allerdings anstrengend, für so lange Zeit auf so engem Raum zu leben. Abwechslung bietet uns nur die Jagd und auch das ist irgendwann Routine.

„Ich sage euch, ich werde den ganzen Sommer nicht mehr schlafen müssen, so ausgeruht bin ich inzwischen", stoße ich plötzlich aus. „Diese Ruhe treibt mich in den Wahnsinn! Fast schon wünsche ich mir, dass ein oder zwei Trolle hier auftauchen."

„Denk bitte dran, es gibt so etwas wie selbsterfüllende Prophezeiungen. Sei lieber vorsichtig mit dem, was du dir wünschst." Man kann an Milaileés Stimme erkennen, dass sie es nicht ernst meint, sondern es ihr ganz ähnlich geht.

Es ist inzwischen so kalt geworden, dass der kleine Bach, der uns mit frischem Wasser versorgt hat, zufriert und wir unser Trinkwasser mit der Axt besorgen müssen.

Der Gewürzbeutel, den wir aus der Heimat mitgenommen haben, ist schon lange leer und wir müssen unsere Mahlzeiten beinahe ungewürzt zu uns nehmen. Wir können im Wald ein wenig Portulak sammeln, jedoch ist auch das auf Dauer etwas eintönig.

So vergehen die Wochen und die Schneedecke ist unverändert dicht. In meiner Verzweiflung suche ich mir eine junge Esche und verbringe die Tage damit, mir aus ihrem Holz einen zweiten Bogen zu bauen.

Milaileé folgt meinem Beispiel und auch Delavar versorgt sich mit einem neuen Kampfstab, den er reich verziert.

Ich habe zwar keine Ahnung, wie ich das alles mitschleppen soll, aber besser, ich habe etwas zu tun, als noch einen Monat still in der Hütte zu sitzen. Es fehlen mir die richtigen Werkzeuge, daher wird der Bogen später bestimmt nicht zu gebrauchen sein, aber ich versuche es trotzdem.

Bei uns im Kernland zieht sich der Winter nach drei langen Monaten ein wenig zurück. Hier draußen kann es sicherlich länger dauern – oh je, also noch zwei bis drei Monate festsitzen.

Milaileé gibt das Bogenbauen bald auf und widmet sich der Herstellung von hölzernem Schmuck. Sie schnitzt kleine Ringe und Perlen, die sie auf eine Sehne zieht und als Halskette trägt. Ich muss sagen, sie hat Talent dafür. Sie macht für uns alle eine Kette mit sechs flachen Anhängern. Auf jedem davon steht einer unserer Namen.

So werden aus Kriegern also Handwerker. Was solls, irgendwann wird der Schnee tauen und dann können wir weiter.

In einer Nacht nach bestimmt zwei Monaten in unserem verschneiten Unterschlupf können wir im Süden, in den Tiefen des Waldes Feuerschein erkennen. Neugierig geworden begeben wir uns noch in der Nacht in die Richtung des Feuers.

Leise und vorsichtig nähern wir uns, können aber schon aus der Ferne hören, dass es sich um Goblins handelt. Nun sind sie also auch hier im Norden unterwegs.

Da wir es uns nicht erlauben können, hier von den Kreaturen entdeckt zu werden, beschließen wir, kurzen Prozess mit ihnen zu machen.

Als wir uns nähern, erkennen wir, dass die Kreaturen keine Gefahr für uns darstellen. Halb erfroren sitzen fünf Gestalten um ein großes Feuer, um sich zu wärmen. Ihre Kleidung ist nicht für diese Witterung geeignet. Dünne Hemden, darauf die kalte Kettenrüstung, keine Schuhe. Nicht gerade die beste Voraussetzung, um hier zu überleben.

Wir schicken fünf Pfeile auf den Weg und noch bevor der erste Goblin zu Boden geht, trifft der letzte Pfeil. Die Kreaturen haben keine Zeit, um zu begreifen, was ihnen widerfahren ist. Wir versichern uns, dass es nicht noch mehr von ihnen in der Nähe gibt, und lassen sie dort liegen, wo sie gefallen sind. Der Schnee wird die Spuren in wenigen Stunden zugedeckt haben.

Besorgt kehren wir zu unserer Hütte zurück. Wir können erfreulicherweise keinen weiteren Lichtschein im Wald erkennen.

Die nächsten Wochen vergehen ohne weitere Begegnungen oder Zwischenfälle. Kurz vor der Tagundnachtgleiche, die das Ende des Winters ankündigt, steigen die Temperaturen merklich an und der Schnee beginnt zu schmelzen. Als erstes bemerken wir es daran, dass das Eis unseres kleinen Baches schmilzt und er wieder munter vor sich hin plätschert. Manchmal schneit es noch, doch bleibt der neue Schnee nicht liegen. Die dichte Schneedecke, die die Landschaft bedeckt, wird immer dünner.

Als wir uns an einem Morgen für die Jagd fertigmachen, können wir Schritte hören, die von Norden – dem Gebirge – auf unsere Hütte zukommen. Wir können mehrere Personen heraushören und die Schritte sind schwer und hart.

Wir stellen uns auf, um uns verteidigen zu können, haben mit unserer Vermutung, dass es sich um Zwerge handelt, jedoch recht und sind – hoffentlich – nicht in Gefahr. Nach einer Weile tauchen zwanzig kleine, bärtige und bis an die Zähne bewaffnete Zwerge vor uns auf. Wir senken unsere Waffen, um keine Bedrohung darzustellen. Milaileé begrüßt die Zwerge in ihrer Sprache.

Zwerge

Sichtlich überrascht tritt uns ein stämmiger Zwerg gegenüber. An den Rüstungen sind keinerlei Rangabzeichen zu erkennen. Ich gehe anhand seines Auftretens allerdings davon aus, dass es sich um den Gruppenführer, oder wie es bei den Zwergen auch immer heißt, handelt.

Schweigend stellt er seine Axt mit dem Griff voran in den Schnee und stützt sich darauf ab. Er sagt kein Wort und Milaileé erklärt ihm in holprigen Worten den Grund für unser Hiersein. Nach ihrer ersten Überraschung, dass wir ihrer Sprache mächtig sind, verziehen die Zwerge noch immer keine Miene, während Milaileé sich abmüht, die Sprache der Zwerge über die Lippen zu bringen. Irgendwann ist sie fertig.

„Bitte legt die Waffen nieder und kniet vor den Zwergen hin", teilt sie uns mit. „Achtet darauf, auf keinen Fall den Kopf zu senken."

Nach kurzem Zögern tun wir, was sie uns sagt. Es fällt mir und den anderen recht schwer, vor den Zwergen auf die Knie zu gehen. Aber wir müssen ihr vertrauen, da nur sie Kenntnis von den Riten und Gepflogenheiten des kleinen Volkes hat. Auch wenn sie sich das Wissen selbst erarbeitet hat und es keinen Lehrer gab, so ist sie doch die Expertin von uns. Als wir uns niederlassen, sehen wir erneute Überraschung in den Augen der Zwerge.

Ihr Anführer fängt daraufhin an, laut und ausgiebig zu lachen. Er lacht, bis ihm Tränen in den Bart laufen. Sein ganzer Körper lacht mit und wir sind nun völlig irritiert.

Nachdem er sich wieder beruhigt hat, wischt er sich die Tränen aus den Augen und wendet sich an seine Begleiter.

„Da kommen ein paar Elfen an unsere Landesgrenzen. Nicht nur, dass sie dem Winter trotzen, ohne zu verzagen, nein, sie beherrschen unsere Sprache und sind auch noch höflicher und haben mehr Wissen über unsere Sitten als mancher Jungzwerg von heute. So seid bei uns willkommen! Nun lasst uns in die Hütte gehen, denn mir gefriert der Bart."

Jetzt sind wir diejenigen, denen die Überraschung ins Gesicht geschrieben steht. Nicht nur seiner Worte wegen, nein man hat uns schließlich eingeschärft, dass die Zwerge schnell beleidigt sind und wir sie mit ausgesuchter Höflichkeit behandeln müssen.

Er spricht unsere Sprache beinahe perfekt. Es ist mir ein Rätsel, wo ein Zwerg unsere Sprache gelernt haben kann. Meinen Gefährten geht es ebenso und wir benötigen einen Augenblick, bevor wir uns sammeln und die Zwerge zu uns in die Hütte bitten.

Natürlich passen nicht alle zwanzig Krieger in die kleine Hütte. So folgen uns der Anführer und vier seiner Begleiter, während die anderen draußen warten müssen. Wir bieten unseren ‚Gästen' von unserem Essen an und auch von unseren Getränken. Da diese sich jedoch auf Wasser und Tee reduzieren, sind die Zwerge damit nicht wirklich glücklich, was deutlich an ihren Gesichtern abzulesen ist.

„Ich habe nicht erwartet, dass ihr hier ordentliche Biervorräte habt, so will ich mich mit dem, was ihr Tee nennt, begnügen. Und nun, wo wir bei Essen und Trinken zusammensitzen, möchte ich mich und die meinen vorstellen. Ich bin Dagan, Hauptmann der Torwache. Meine Begleiter sind Nubnus, Hoili, Sesur und Ruoism."

Wir stellen uns ebenfalls vor, dann berichtet uns der Zwerg:

„Wir haben euch schon ein paar Wochen beobachtet. Einige von uns denken, ihr seid auf der Flucht vor den Goblins. Andere meinen, ihr wollt unsere Grenze ausspionieren. Wieder andere haben komplett andere Ideen, die euer Hiersein begründen." Unbewegt schaut er uns bei seinen Worten an. „Da ihr nicht weitergezogen seid, denke ich, dass ihr nicht auf der Flucht seid. Ihr habt euch jedoch auch nicht versteckt oder irgendwelche Heimlichkeiten begangen. Spione seid ihr meiner Ansicht nach also auch nicht. Im Winter sind Handelsreisen nicht üblich und ihr habt auch keine Waren bei euch. Demnach seid ihr auch keine Händler. Ich denke, ihr seid Krieger, doch kann ich mir keinen Grund vorstellen, der euch in diese Lande führt."

Mit vor der Brust verschränkten Armen lehnt er sich sich zurück an die Wand unserer kleinen Hütte. „Daher bitte ich euch, mir den Grund, den die Dame Milaileé erläutert hat, etwas genauer auszuführen, damit ich entscheiden kann, ob ihr Freunde oder Feinde seid."

Leutherion, als unser Anführer, ergreift das Wort und Milaileé übersetzt für ihn. „In der Tat sind wir gekommen, um zu kundschaften."

Die Augenbrauen von Dagan heben sich leicht und die anderen Vier halten inne.

„Nicht um euer Land oder euer Volk auszuspionieren, sondern um Klarheit über die Situation im Lande der Goblins zu erlangen."

So erzählt Leutherion von unseren Abenteuern im Grenzland, den Rüstungen und Waffen der Goblins und unsere Absicht, die Zwerge aufzusuchen, um in Erfahrung zu bringen, ob die Goblins sich auch hierher wenden.

„Ich kann in eurem Gesicht nicht erkennen, ob ihr nun die Wahrheit erzählt oder mich zum Narren halten wollt." Dagan holt tief Luft und seufzt.

„Da unsere Spione aber ebenfalls von ungewöhnlichen Wanderungen der Goblins erzählen, bin ich geneigt, euch zu glauben. Daher werdet ihr uns in unsere warmen Hallen begleiten, während wir den Wahrheitsgehalt eurer Geschichte überprüfen. Bitte fühlt euch als unsere Gäste. Sollte sich aber herausstellen, dass ihr Unheil im Schilde führt, so seid gewarnt, dass wir sehr unangenehm werden können."

Er blickt uns scharf an, da wir aber bei seinen Worten weder zusammenzucken, noch wegsehen, wirkt er zufrieden. „Nun, gehen wir davon aus, dass ihr unsere Gäste seid, und das Gastrecht ist uns heilig. Ihr habt also nichts zu befürchten – vorerst zumindest. Jetzt, wo wir gestärkt sind, lasst uns aufbrechen und dem unwirtlichen Wetter entfliehen." Mit diesen Worten steht er auf und sagt etwas zu seinen Begleitern, was wir nicht verstehen.

Wir verlassen mit Dagan die Hütte und er begibt sich zu seinen Kriegern, um sich zu besprechen. Dann brechen zwei seiner Krieger in südwestliche und zwei in südöstliche Richtung auf. Die anderen bleiben bei uns und wir werden in die Schlucht geführt, die wir schon vor vielen Wochen untersucht haben.

Leutherion fragt Dagan, wie es kommt, dass er unsere Sprache so gut beherrscht.

„Vor ein paar Jahren hat sich schon einmal einer von eurem Volk zu uns verirrt. In eben dieser Schlucht haben wir ihn gefunden. Er war schwer verletzt und wir haben ihn mitgenommen in unsere Hallen. Dort haben wir ihn gepflegt, bis er wieder zu Kräften gekommen ist. Einige Monate verbrachte Bandrius, wie er sich nannte, bei uns und brachte als Dank denen, die es wünschten, die Sprache der Elfen bei. Als er vollständig genesen war, brach er auf, um zu seinem Volk zurückzukehren.

Er hat versprochen, die Grüße der Zwerge zu übermitteln und sich um einen Austausch der Völker zu bemühen.

Da seitdem niemals wieder ein Elf in dieser Gegend gesehen wurde, gibt es dafür nur zwei mögliche Gründe. Entweder, die Elfen sind an einer Kontaktaufnahme nicht interessiert, dann werden wir uns nicht aufdrängen. Oder Bandrius hat seine Heimat nicht erreicht und ist vorher umgekommen."

Da niemals eine Nachricht der Zwerge den Hohen Rat erreicht hat und uns ein Elf mit diesem Namen nicht bekannt ist, geht Leutherion davon aus, dass er auf dem Rückweg umgekommen ist und wohl zu denen gehört, die als verschollen gelten. „Zumindest uns ist der Name nicht bekannt. Das bedeutet nicht allzu viel, denn er kann von einer anderen Grenzfeste stammen. Doch hätte der Versuch einer Kontaktaufnahme mit den Zwergen nicht geheim gehalten werden können. Zumal wir ja gerade mit diesem Auftrag unterwegs sind."

„Das ist sehr schade. Ich fand Bandrius durchaus sympathisch, zumindest für einen Elfen. Es tut mir leid, dass er nicht zurückgekommen ist."

Trotz ihrer kurzen Beine legen die Zwerge ein ordentliches Tempo vor, sodass wir noch vor Einbruch der Dunkelheit die Nische, in der wir damals unser Lager aufgeschlagen haben, erreichen. Die Zwerge marschieren weiter, ohne auch nur kurz innezuhalten. Auch wenn es uns nach einer Pause dürstet, sagen wir nichts, denn wir wollen nicht schwach erscheinen.

Umso erleichterter sind wir, als wir nach einer weiteren Stunde Marsch vor einer großen Felswand stehenbleiben. Dagan klopft mit dem Axtkopf eine komplizierte Folge an die Wand. Erst einmal passiert nichts, aber nach einigen Augenblicken ist ein Knirschen und Scharren zu hören. Vor uns öffnet sich der Fels.

Die Scharniere und Angeln des beeindruckenden zweiflügeligen Tors sind so kunstfertig gemacht, dass es in geschlossenem Zustand nicht von der Felswand zu unterscheiden ist. Ich habe von der Kunstfertigkeit der Zwerge gehört, was die Verarbeitung von Stein oder Metall angeht. Es zu sehen, ist jedoch etwas anderes. Wir hätten diese Wand jahrelang untersuchen können, wir hätten nicht den kleinsten Anhaltspunkt gefunden.

Im Inneren stehen zwei Zwerge. Diese haben die Tür geöffnet. Wir durchschreiten das Tor und kommen in eine von zahlreichen Fackeln erhellte Halle. Die Decke wird von Säulen gestützt, die links und rechts von uns stehen. Die Säulen sind mit allerlei Verzierungen versehen.

Die Runen können wir nicht lesen, aber es ist auch so un-verkennbar, dass diese Halle den Besucher beeindrucken und die Macht der Zwerge deutlich machen soll.

Zwergenfeste

Dagan bittet uns, in einer Nische zwischen zwei Säulen Platz zu nehmen und etwas Geduld zu haben. „Ich muss dem König eure Ankunft melden, damit dieser weitere Entscheidungen treffen kann. Bitte stärkt euch an den Speisen und Getränken, die euch gleich gebracht werden." Mit diesen Worten verschwindet er.

Wir nehmen auf den kunstvoll gezimmerten Stühlen Platz. Zwei der Zwerge – ich glaube, es handelt sich um Nubnus und Sesur, aber genau kann es nicht sagen, sie sehen alle gleich aus in meinen Augen – stellen sich etwas abseits an die Säulen. Auch wenn man uns die Waffen nicht abgenommen hat, so traut man uns nicht über den Weg. Wir können darüber schlecht erzürnt sein, denn wäre die Situation andersherum, würden wir genauso handeln.

Nach einigen Augenblicken werden uns Speisen und Getränke gebracht. Um höflich zu sein, essen wir davon und auch von den Getränken nehmen wir. Es fällt uns schwer den Käse, den sie uns anbieten, anzurühren – der riecht, als würde er schon seit einigen Jahren verfaulen. Wir schaffen es nicht, auch nur einen Bissen davon zu nehmen. Das Fleisch, was uns aufgetragen wird, ist zwar zu roh für meinen Geschmack, aber ansonsten sehr gut. Wasser oder Wein gibt es nicht, dafür ein starkes, dunkles Bier. Wir werden hier nicht verhungern, aber sicherlich auch nicht der Völlerei frönen. Den Käse schieben wir so weit wie möglich von uns weg.

Nach etwa zwei Stunden kehrt Dagan zurück. „Es tut mir sehr leid, doch wird euch mein König heute nicht mehr empfangen. Er ist noch anderweitig beschäftigt."

Das ist uns ganz recht, denn auch wenn wir es nicht zugeben, nicht einmal untereinander, so sind wir doch sehr erschöpft von dem Marschtempo, das die Zwerge heute vorgelegt haben. Wir sind dankbar für etwas Ruhe. Dagan führt uns in einen Gästebereich, damit wir uns ausruhen können. Leider ist es noch eine halbe Stunde Marsch durch verschiedene Gänge, Hallen und Abzweigungen, bis wir unser Zimmer erreichen. Ich habe schon nach wenigen Minuten die Orientierung verloren. Alleine würde ich hier nicht mehr rauskommen. Dagan jedoch findet den Weg sicheren Schrittes.

Fenster gibt es in unserem Quartier nicht, schließlich sind wir schon tief im Berg. Durch zahlreiche Laternen, die ohne Rauch zu erzeugen den Raum in ein helles, gelbes Licht tauchen, ist es auch hier im Berg hell und freundlich. Hatte ich befürchtet, auf Betten aus Stein schlafen zu müssen, so werde ich beruhigt, sehe ich doch mit Stroh gefüllte Holzbetten. Diese sind zwar zu kurz für uns, aber besser als nichts. In einer Nische, die durch einen Vorhang abgetrennt werden kann, befindet sich eine große Schüssel mit einem großen Wasserkrug und mehreren Tüchern.

Wir strecken unsere müden Füße auf den Betten aus und genießen eine Nacht in einer warmen und behaglichen Umgebung. Wache brauchen wir nicht zu halten. Uns droht keine Gefahr, und selbst wenn die Zwerge uns Übles wollen, dann könnten wir sechs ohnehin nichts dagegen unternehmen.

Da wir uns tief unter dem Gestein der Berge befinden, können wir nicht erkennen, welche Tageszeit wir haben, als wir aufwachen. Dauerhaft leben könnte ich hier nicht.

Mir fehlen der Himmel und die Luft, die erfüllt ist von den Stimmen der Natur.

Als es an die Tür – übrigens ist diese aus festem Eichenholz und nicht aus Stein wie am Tor – klopft, sind wir schon fertig und neugierig auf den kommenden Tag.

Dagan steht davor und holt uns ab. „Toistrom hat nun Zeit und möchte mit euch frühstücken." Er scheint unsere irritierten Blicke zu sehen, denn er ergänzt: „Toistrom ist unser König. Wir machen nicht so viel Getue darum wie die Menschen. Auch ein König hat einen Namen, wieso sollte man ihn nicht benutzen?"

Da wir von dem Imbiss gestern nur wenig gegessen haben, sind wir hungrig und freuen uns auf eine Mahlzeit. Auf dem Weg zum König kommen wir an Schmieden, Vorratsräumen und vielerlei anderen Räumlichkeiten vorbei. Dagan bittet uns, nicht zu neugierig zu sein, denn erst muss Toistrom entscheiden, ob wir solche Informationen bekommen dürfen und ob wir uns hier frei bewegen können.

Als wir den König erreichen, erwartet uns kein großes Gelage wie in den Geschichten, die wir gelesen haben. Nur drei Zwerge sitzen an einem großen, runden Tisch. Ruoism und Nubnus haben wir gestern schon kennengelernt. Dann wird der dritte Zwerg wohl Toistrom, der König, sein. Ich weiß nicht was ich erwartet habe, jedoch nicht einen Zwerg, der sich von den anderen weder in Aussehen noch in Kleidung unterscheidet. Er trägt keine Krone aus Diamanten auf dem Kopf. Die kleinen Edelsteine, die in seinen Bart eingeflochten sind, haben wir auch bei anderen Zwergen auf unserem Weg hierher gesehen.

Absolut nichts weist auf seine Königswürde hin, und als Dagan ihn anspricht, hört sich das nicht ehrerbietig an, sondern wie von gleich zu gleich. Zwar können wir kein Wort verstehen, denn sie sprechen in der Sprache der Zwerge, doch liegt eine gewisse Vertrautheit darin.

Schweigend deutet uns der König, uns auf die freien Plätze zu setzen. Leutherion fragt Dagan leise, ob wir sprechen dürfen.

„Ja, ihr dürft sprechen. Ich werde für euch übersetzen. Ich habe Toistrom bereits über euer Anliegen in Kenntnis gesetzt, aber er möchte es noch einmal von euch hören."

So erzählt Leutherion ein weiteres Mal von unseren Beobachtungen im Grenzland der Goblins und auch darüber, dass Menschen gesehen wurden, die gemeinsam mit diesen Kreaturen kämpften. Er verschweigt nicht, dass wir gezwungen waren, zu fliehen. Auch nicht die Maßnahmen, die unser Volk nun ergreift. Immer wieder macht er eine Pause, sodass Dagan seine Worte in die Sprache der Zwerge übersetzen kann. Während des gesamten Frühstücks erzählt Leutherion von unseren Erlebnissen. König Toistrom unterbricht ihn nicht ein einziges Mal. Erst als er bei den zerlumpten Goblins ankommt, die wir in der Nähe unseres Winterquartiers entdeckt haben, schauen sich Nubnus und Ruoism kurz an.

Dann spricht der König. Dagan übersetzt für uns: „Die Geschichten, die bei unserem Volk über die Elfen erzählt werden, kann ich nicht bestätigen. Man sagt, es sei ein stolzes und arrogantes Volk. Die Elfen halten sich für besser als andere und schauen auf sie hinab.

Nun erfahre ich, dass die Elfen nicht nur unserer Sprache mächtig sind, sondern sich auch mit unseren Sitten und Gepflogenheiten auskennen. Ihr seht mich erstaunt. Doch auch wenn ich geneigt bin, euren Worten Glauben zu schenken, so muss ich euch bitten, dass ihr euch als meine Gäste betrachtet, bis meine Späher zurückkehren und eure Geschichte bestätigen. Denn ich kann mir nicht erlauben, feindlichen Kundschaftern mein Reich zu öffnen. Solltet ihr euch nämlich als solche erweisen, werde ich euch töten müssen.

Bis eure Geschichte bestätigt oder widerlegt wird, sollt ihr euch frei als Gäste in meiner Festung bewegen dürfen. Nur wenige Bereiche sollen euch verwehrt bleiben. Dagan wird Tag und Nacht zu eurer Verfügung stehen. Er wird euch herumführen und euch eure Fragen beantworten.“

„Wir danken euch für eure Großzügigkeit und versichern, dass wir eure Gastfreundschaft nicht missbrauchen werden.“ Leutherion nimmt die Ausführung des Zwergenkönigs mit einem leichten Kopfnicken zur Kenntnis.

Wir können ohnehin nichts anderes antworten, denn wir befinden uns vollständig in der Hand der Zwerge, wenn es uns auch nicht behagt, vielleicht wochenlang unter dem Gebirge eingesperrt zu sein.

Dagan führt uns zurück in unsere Gemächer. Wir sind neugierig, wie die Zwerge sich hier mit Luft versorgen, denn es gibt logischerweise keine Fenster. Das Tor, welches den Eingang versperrt, ist eine Stunde Fußmarsch entfernt.

Dagan zeigt uns eine Vielzahl von kleinen Kanälen und Schlitzen in der Wand, die nach oben durch die Decke führen.

„Dieses Röhrensystem dringt bis an die Oberfläche und versorgt das gesamte Reich mit Frischluft. Durch die geringe Größe und die Windungen, die diese Kanäle immer wieder machen, kann kein Feind eindringen. Die Öffnungen an der Oberfläche sind gut getarnt und selbst bei meinem Volk kennen nur wenige Ausgewählte die Positionen."

In unseren Geschichten sind alle Zwerge harte und kräftige Krieger. Das mag in Zeiten des Krieges so sein, hier jedoch gehen die Zwerge den verschiedensten Alltagsgeschäften nach. Natürlich gibt es Schmiede, Krieger, Rüstungsmacher und dergleichen. Einige Zwerge haben die Aufgabe, die Fackeln und Laternen am Brennen zu halten, oder dafür zu sorgen, dass die Lüftungskanäle nicht verstopfen.

Es gibt Bauern, die Pflanzen an der Oberfläche – wo wir nicht hindürfen – anbauen. Außerdem mögen die Zwerge eine bestimmte Pilzsorte, die tief in den Höhlen wächst. Es gibt Jäger, Hirten, Lehrmeister, Köche und viele weitere Berufe.

Auch wenn die Zwerge sich uns gegenüber sehr freundlich verhalten, so ist doch eine gewisse Reserviertheit zu erkennen. Wir sind nicht das einzige Volk, welches sich nach dem großen Krieg zurückgezogen hat. Auch die Zwerge haben die Gesellschaft der anderen Völker gemieden. Da die Zwerge aber auch Händler sind, ist der Kontakt zum Beispiel zu den Menschen nie ganz abgebrochen, während wir tatsächlich alle Brücken hinter uns niedergerissen haben.

Dagan zeigt uns die verschiedenen Speisesäle und erklärt uns die Zeiten, zu denen es etwas zu essen gibt. Das lässt sich relativ leicht merken – es gibt immer irgendetwas zu essen.

Und auch zu trinken bekommt man immer, wenn man möchte.

Da wir aber nicht immerzu essen können, fragen wir Dagan, was wir denn während unseres Aufenthaltes hier tun können, was von dem Zwerg abschlägig beantwortet wird. Schließlich ist noch nicht entschieden, ob wir Feinde oder Freunde sind. Wir dürfen uns in unserer Kammer aufhalten und für die Wege zum Essen steht immer einer der Zwerge zur Verfügung, um uns dorthin zu geleiten. So vergehen bestimmt zwei Wochen, in denen wir genauso untätig sind wie in der Zeit, als der Schnee des Winters jegliche Aktionen unmöglich machte.

Immerhin dürfen wir einmal am Tag an die Oberfläche, damit wir frische Luft schnappen können. Über ein Gewirr von Treppen, die anscheinend in alle Richtungen führen, leitet man uns in ein kleines Tal.

Wir befinden uns mitten im Gebirge und um uns herum türmen sich die Felsen auf. Es ist bitterkalt hier draußen. Trotzdem ist es eine Wohltat gegenüber dem Leben in den Stollen der Zwerge.

Da man uns unsere Waffen und Ausrüstung gelassen hat, nutzen wir die Gelegenheit, an der frischen Luft einige Trainingseinheiten durchzuführen. Die Zwerge, die uns in das Tal begleitet haben, schauen uns interessiert zu, scheinen aber auch nichts dagegen zu haben.

Als wir nach einem intensiven Training in dem Tal zurück in unsere Räume kommen, erwartet uns Dagan bereits. „Ich bin gekommen, um euch zu Toistrom in die große Versammlungshalle bringen."

„Wird dein König uns helfen?"

„Ich weiß es nicht. Ihr werdet warten müssen, bis wir da sind", beantwortet er Balladion's Frage knapp.

Wir haben keine Zeit, uns frisch zu machen, denn Dagan besteht auf sofortigem Aufbruch. Wir sind gespannt, was uns erwartet.

Als wir die Halle betreten, empfängt uns ein Heer von Zwergen. Die riesige Halle ist bis auf den letzten Platz besetzt. Toistrom sitzt auf seinem Thron, während die Krieger, die die Halle füllen, aufgeregt miteinander diskutieren. Wir werden von den Kriegern überhaupt nicht beachtet und von Dagan direkt zum Zwergenkönig geführt.

Dieser wendet sich von der Gruppe, mit der er gerade spricht, ab und kommt zu uns herunter. „Seid gegrüßt. Heute Morgen sind meine Kundschafter zurückgekommen. Sie bestätigen eure Geschichte. Tatsächlich sammeln sich die Goblins ausschließlich im Süden und Osten.

Unsere Grenzen werden zurzeit noch nicht bedroht, jedoch sind auch bei uns in der Nähe einzelne Späher der kleinen Stinker gesehen worden. Ich möchte euch hiermit kundtun, dass wir euch nicht als Feinde sehen, sondern ihr unsere Gäste seid, solange ihr es wollt. Doch nun müsst ihr die Halle verlassen, denn wir beraten gerade, wie wir uns verhalten sollen, und um an dieser Beratung teilnehmen zu können, müsstet ihr Zwerge sein." Sprach er und drehte sich um.

Leutherion bekommt keine Gelegenheit zu einer Antwort und mit Dagan zusammen verlassen wir die Halle. Wir suchen unsere Räume auf, um uns zu waschen und abzuwarten, was die Beratungen ergeben.

Und wieder warten. Ein wenig spekulieren wir, wie die Zwerge sich entscheiden. Aber wir kennen dieses Volk zu wenig und es ist müßig, in den Kopf eines Zwerges schauen zu wollen. Dagan verspricht, uns sofort Bescheid zu geben, sobald eine Entscheidung getroffen worden ist.

Wir dürfen uns nun frei in den Hallen der Zwerge bewegen. Das nutzen wir und wandern rastlos durch die Gänge. Wir dürfen uns nun sogar die Schmieden anschauen. Ich muss den Zwergen meine Hochachtung ausdrücken. Die Schmiedefeuer, die sie unterhalten, sind nicht nur von gewaltigen Ausmaßen, sie sind auch absolut rauchfrei. Uns wird erklärt, dass ein Abzug, der in den Fels gehauen ist, den Rauch nach draußen führt und die Handwerker es somit nicht mit einer voll geräucherten Halle zu tun haben.

Wir sehen eine Schmiede, die ausschließlich Rüstungen herstellt, und eine andere, die sich auf Äxte, Beile und andere Waffen spezialisiert hat. Jeder Schmied hat sein Fachgebiet und macht nichts anderes, als dieses Produkt immer wieder zu fertigen. Wir finden keine Schmieden, die Edelsteine oder Schmuck herstellen oder verarbeiten.

Auf unsere Nachfrage antwortet man mit einer Gegenfrage – ob wir auf unseren Außen- und Wachposten so etwas denn hätten. Da kommen wir uns reichlich dumm vor. Natürlich befinden wir uns hier nicht in der Hauptstadt der Zwerge. Kein Volk hat seine Residenz so dicht an der Grenze. Wir befinden uns hier in einem Wachposten, ähnlich wie unsere Grenzfestungen. Nur scheinen die Zwerge in anderen Maßstäben zu denken als wir.

Auf unsere Frage, weshalb der König dann hier ist, wird laut gelacht. Er würde alle seine Vorposten regelmäßig kontrollieren. Dass er ausgerechnet jetzt hier ist, wo wir hier angekommen sind, ist reiner Zufall. Dagan ist der Hauptmann dieses Außenpostens.

Der Gedanke, dass unser Hoher Rat die Grenzfestungen kontrolliert, ist sehr befremdlich. Aber eigentlich gar nicht mal so schlecht. Es würde den Kriegern den Rückhalt des Rates beweisen. Die Zwergenkrieger scheinen ihren König jedenfalls zu ehren, wenn nicht gar zu lieben. Leutherion meint, er könne sich nicht erinnern, dass auch nur einer vom Hohen Rat jemals eine der Grenzfestungen besucht hätte.

Die Beratung scheint sehr intensiv zu sein, denn sie dauert bis weit in den nächsten Tag hinein. Erst gegen Abend werden wir von Dagan geholt und wieder zum König gebracht. Toistrom ist dieses Mal alleine anwesend. Wir setzen uns wieder an den Tisch, an dem wir auch schon bei unserer Ankunft saßen, und warten gespannt auf die Entscheidung.

Toistrom schaut uns an und trinkt erst einmal einen großen Schluck aus seinem Bierhumpen. „Wir haben lange diskutiert und viele Möglichkeiten in Betracht gezogen und wieder verworfen." Er genehmigt sich einen weiteren Schluck. „Dann hatten wir gerade eine Entscheidung getroffen, als weitere Kundschafter eintrafen.

Wir mussten eine neue Situation bedenken. Wieder war eine lange Diskussion die Folge." Er schiebt den Becher von sich weg. „So musstet ihr warten. Nun habe ich eine Entscheidung getroffen und werde sie euch mitteilen."

Oh je, das ist ja genauso langatmig wie eine Diskussion im Hohen Rat. Er könnte uns seine Entscheidung auch einfach so mitteilen.

„Ich kann euch keine Kriegsgruppe mitgeben!"

Das war deutlich. Wir haben so eine Antwort erwartet, es so unverblümt zu hören, ist aber doch hart.

Wir wollen gerade unser Verständnis kundtun, als er uns mit einer Handbewegung unterbricht. „Wir hatten gerade entschieden, euch eine Kriegstruppe bestehend aus einhundertfünfzig Mann mitzugeben, als uns die Nachricht erreichte, dass die Goblins und auch einige Trolle sich im Gebirge sammeln. Wir gehen davon aus, dass sie nach unseren versteckten Eingängen suchen. Daher muss ich in erster Linie nun mein Volk und meine Grenzen schützen." Er holt sich sein Bier wieder heran und nimmt einen tiefen Schluck.

„Nun hat es jedoch vor dem großen Krieg durchaus Bündnisse zwischen unseren Völkern gegeben und ich bin nicht bereit, eine mögliche Erneuerung dieses Bündnisses ganz zu verhindern. So werdet ihr nicht ganz alleine zu eurem Volk zurückkehren. Euch werden Dagan und Nubnus begleiten. Des Weiteren eine Truppe aus zehn Kriegern, sofern es Freiwillige gibt, die sich euch anschließen wollen." Er lehnt sich auf seinem Stuhl zurück und schaut uns entschuldigend an.

Nun sind wir sprachlos. Trotz der Gefahr für seine Heimat, ist der Zwergenkönig bereit, uns einige Männer mitzugeben, um uns zu unterstützen. Wir bedanken uns für seine Großzügigkeit.

Er winkt ab und teilt uns mit, dass seine Truppe am morgigen Tag bei Sonnenaufgang abmarschbereit sein wird, und entlässt uns. Dagan begleitet uns zurück in unsere Unterkunft.

Am nächsten Morgen holt er uns mit der Gruppe, die er anführen wird, an unserem Quartier ab. So kehren wir mit insgesamt zwölf Zwergenkriegern in unsere Heimat zurück. Wenn es uns gelingt, ein dauerhaftes Bündnis mit den Zwergen zu schließen, dann werden die Goblins nichts zu lachen haben. Ich hoffe, unser Rat wird eine vernünftige Entscheidung treffen.

Nun müssen wir nur noch durch die Linien der Feinde zurück zur Grenzfestung gelangen.

Durch feindliche Linien

Am frühen Morgen brechen wir auf. Auch wenn wir schon recht lange hier in den Gewölben zu Gast sind, können wir immer noch nicht abschätzen, welche Tageszeit wir haben, und doch können die Zwerge den Stand der Sonne exakt bestimmen. Wie sie das machen, wird uns wohl immer ein Rätsel bleiben.

Als wir die Zwergenfestung auf demselben Wege verlassen, wie wir sie betreten haben, geht gerade die Sonne über dem Gebirge auf. Es verspricht ein strahlend schöner Tag zu werden. Keine Wolken sind am Himmel zu sehen. Wir müssen blinzeln und die Augen zusammenkneifen, denn die Sonne ist nach der Zeit unter dem Gebirge zu grell für die Augen.

Aufgrund der langen Zeit, die wir in den relativ warmen Zwergenhallen verbracht haben, erwischt uns die Kälte unvorbereitet. Doch frieren wir schon nach einer Stunde Marsch nicht mehr. Die Zwerge mögen von kleinem Wuchs sein, jedoch legen sie wieder ein ordentliches Marschtempo vor, sodass es für uns auch kein Spaziergang ist.

Je weiter wir den Hohlweg in Richtung unseres ehemaligen Winterlagers entlanggehen, desto wärmer werden die Sonnenstrahlen. Gegen Mittag erreichen wir unser altes Lager und beschließen eine kurze Rast.

„Wir sollten denselben Weg nehmen, den wir gekommen sind." Leutherion zeigt in die Richtung.

Dagan ist einverstanden. „Das ist eine gute Idee. So kommen wir ohne viele Begegnungen voran."

Hier draußen liegt noch vereinzelt Schnee, das Grün ist aber sichtbar auf dem Vormarsch und es sind immer wieder ein paar grüne Knospen zu sehen. Wir marschieren am Rand des Gebirges nach Osten. Auch an unserem ersten Unterschlupf und den Überresten der Trolle kommen wir vorbei. Die Zwerge begutachten die Kadaver und beglückwünschen uns zu unserem Sieg.

„Nicht schlecht. Zwei ausgewachsene Trolle sind fürwahr keine leichten Gegner. Vor allem nicht, wenn man so dünne Zahnstocher benutzt wie ihr. Aber wenn man unseren Geschichten glauben kann, seid ihr Elfen ganz passable Kämpfer." Dagan grinst uns bei diesen Worten an.

„Das war doch gar nichts. Zwei Trolle sind doch keine richtigen Gegner für uns." Oneidavas grinst in die Runde.

Dagan schaut sich die Überreste unserer Hütte an, spricht kurz in der Zwergensprache mit seinen Kameraden. Alle brechen in schallendes Gelächter aus.

Da wir die Tage durchmarschieren und uns nur zur Nacht eine Pause gönnen, kommen wir sehr gut voran. Innerhalb von zwei Wochen kommen wir an die Stelle, wo wir damals das Gebirge erreicht haben und nach Westen gezogen sind. So, wie wir uns zu Beginn unserer Reise darauf geeinigt haben, schwenken wir hier nach Süden ab.

Nun befinden wir uns am Randgebiet des Goblinlandes und können während unserer nächtlichen Rast den ersten Lichtschein der Goblinlager in der Ferne erkennen. Wir entscheiden uns, einen Tag hier zu rasten, und diese Zeit für ein paar Erkundungsgänge zu nutzen.

Ab hier werden wir sicherheitshalber nachts weiterziehen. Die Zwerge machen sich allerdings keinerlei Mühe, sich auch nur annähernd leise zu verhalten. Im Gegenteil, es hat den Anschein, als würden sie sich auf eine Konfrontation mit den Kreaturen regelrecht freuen. Lautstark erzählen sie sich Geschichten von vergangenen Streifzügen durch das Land der Goblins.

Sie kümmern sich dabei gründlich um ihre Ausrüstung, sodass die Äxte scharf und die Kriegshämmer poliert sind. Wir stellen Wachen auf und begeben uns zur Ruhe.

Am Abend, kurz nachdem die Sonne untergegangen ist, ziehen wir los. Die Zwerge marschieren in loser Reihe und sind dabei so laut, dass es mich wundert, dass wir nicht sofort entdeckt werden. Nicht nur dass der Boden vibriert, wenn sie mit ihren Stiefeln auftreten, auch ihre Rüstung macht einen Krach, dass wir bestimmt meilenweit zu hören sind. Ihre Unterhaltung ist keinen Deut leiser geworden. Diese Nacht jedoch können wir unbehelligt vordringen.

Am Morgen suchen wir uns ein Versteck und warten auf den nächsten Abend. Die Zwerge entzünden dieses Mal kein Feuer und versuchen tatsächlich, leise zu sein. Für Zwerge gelingt ihnen das erstaunlich gut, auch wenn unsere Jagdmeister sie schon aus weiter Entfernung hören würden.

Die Kreaturen haben glücklicherweise nicht so gute Ohren wie wir und sind ebenfalls nicht gerade besonders leise unterwegs. Wir verbringen den Tag unbehelligt in unserem Versteck und besprechen unser weiteres Vorgehen.

„Wir werden wohl nicht unbemerkt bis zur Grenze unseres Landes kommen können." Milaileé schaut fragend in die Runde.

Dagan antwortet sofort: „Das macht gar nichts. Meine Axt langweilt sich schon. Ein wenig Spaß während dieser eintönigen Reise wäre doch eine Abwechslung!"

„Nein, Abwechslung werden wir noch genug bekommen, wenn unsere Vermutungen zutreffen. Wir sollten den Goblins, wenn möglich, aus dem Weg gehen." Leutherion klingt sehr bestimmt.

Damit ist unser Vorgehen festgelegt. Wir umgehen die Goblinlager in großem Bogen.

Am Abend machen wir uns wieder auf den Weg. Wir sehen erneut Feuer und Lagerplätze der Goblins. Diese sind über die komplette Steppe verteilt. Darum herumgehen können wir gar nicht. Das würde einen Umweg von mindestens zwei Wochen bedeuten. Wir müssen uns also entscheiden, ob wir zwischen den Lagern hindurch schleichen oder einen hunderte Meilen weiten Umweg in Kauf nehmen.

Während wir lieber, wie Leutherion vorhin schon gesagt hat, den Umweg nehmen würden, sind die Zwerge ungeduldig und wollen mitten hindurchmarschieren. Wir sind überstimmt und werden den kürzesten Weg nehmen.

Die zwölf Zwerge marschieren in Zweierreihen und können tatsächlich leise sein. Milaileé und ich gehen vor und kundschaften die Gegend aus. Leutherion und Balladion sichern uns von hinten und Delavar und Oneidavas schlagen sich links und rechts in die Büsche. Wir schaffen es tatsächlich, auch in dieser Nacht nicht entdeckt zu werden.

Als Balladion wieder zu uns stößt, teilt er uns mit, dass eine Gruppe Goblins auf unserer Spur ist. Das ist ja auch nicht sehr schwer, denke ich so bei mir. Die Zwerge hinterlassen Fußspuren, die sich nicht verwischen lassen. Die Rüstung, die sie tragen, ist so schwer, dass man die Fußspuren, die sich tief in den Boden senken, gar nicht übersehen kann. So suchen wir uns an diesem Morgen einen Platz, den wir gut verteidigen können.

Die Zwerge machen sich jedoch überhaupt keine Sorgen. Sie freuen sich regelrecht über die Aussicht auf einen Kampf. Sie lachen und scherzen und tun so, als würde ein Fest beginnen. Wir machen uns bereit und warten ab.

Milaileé und Oneidavas gehen unsere Fährte zurück, um uns rechtzeitig über das Nahen der Goblins informieren zu können. Gegen Mittag kommen die beiden zurück.

Es sind in der Tat fünfzehn Kreaturen auf unserer Fährte und sie werden uns in einer Stunde erreichen. Uns ist bewusst, dass wir keinen der Goblins entkommen lassen dürfen. Fünfzehn mögen noch eine Gruppe sein, die uns keine Schwierigkeiten bereiten dürfte, aber wenn wir von Hunderten von ihnen verfolgt werden, dann ist unsere Mission beendet.

Vier der Zwerge und Milaileé, Balladion und ich ziehen uns etwas vom Lager zurück, um die Feinde von den Flanken her anzugreifen. Wir haben unsere Positionen eingenommen, ich habe mir drei Pfeile bereit gelegt und warte.

Dieses Kribbeln im Bauch sorgt dafür, dass mein Herz laut und schnell schlägt und ich die Umgebung deutlicher als sonst wahrnehme.

Nach einer Stunde hören wir die Goblins und können sie kurz darauf auch sehen. Für diese Kreaturen ungewöhnlich, gehen sie in einer Marschordnung. Immer drei nebeneinander und in fünf Reihen. Wir lassen sie an uns vorbeiziehen und das Lager erreichen. Dann schließen wir leise den Kreis um sie und bereiten unseren Angriff aus dem Hinterhalt vor. Die Gruppe aus dem Lager greift lautstark an, um die Kreaturen zu verwirren. Wir lassen unsere Pfeile fliegen und haben auch alle vorbereiteten Geschosse auf den Weg gebracht, als die Verwirrung sich legt und sie ihre Gegenwehr organisieren. In dem Moment kommen die vier Zwerge und greifen sie von hinten an.

Auch wenn nicht alle unserer Pfeile getroffen haben, müssen wir nicht mehr viel tun. Wir müssen nur noch zusehen, wie unsere Gefährten die Goblins auseinandernehmen. Die Zwerge haben sichtlich Spaß an dem Scharmützel und sind schnell fertig. Wir räumen auf, verstecken die Leichen im Gebüsch und ziehen weiter.

„Das war viel zu kurz, ich bin doch gerade erst warm geworden. Kommen da vielleicht doch mehr?" Einer von Dagans Kriegern, ich glaube, es handelt sich um Sesur, beschwert sich, dass ihm die Gegner ausgegangen sind.

Wir anderen sind der Meinung, dass wir von Glück sagen können, dass keine weiteren Goblins kommen. Doch der Kampf ist sicherlich nicht unbemerkt geblieben. Bestimmt waren noch weitere Goblins in der Nähe, die uns gehört haben. Oder das Fehlen der Gruppe, die wir vernichtet haben, wird bemerkt.

Wir befinden uns mitten im Land der Goblins, sind entdeckt worden und benötigen noch mindestens zwei Wochen, bis wir die Grenze erreichen. Ganz toll, mit der großen Anzahl an Leuten können wir uns nicht verstecken. Nun marschieren wir durch, solange wir uns noch in dünn besiedeltem Gebiet befinden.

Leutherion ist am Fluchen. Vor allem, dass den Zwergen die Situation zu gefallen scheint, treibt ihn in den Wahnsinn. Da wir nun nicht mehr auf Heimlichkeit bedacht sein müssen, poltern sie gut gelaunt durch das Land. Leutherion schüttelt mehrfach den Kopf und wir alle können den Unglauben in seinem Gesicht lesen.

Uns geht es ähnlich. Die Zwergenkrieger leben scheinbar ausschließlich für den Kampf und sind beinahe enttäuscht, wenn es keinen gibt. Wir lernen die Krieger langsam kennen, aber die Bücher, die über ein Volk von herausragenden Kriegern sprechen, scheinen Recht zu haben. Wer den Kampf sucht und nicht vermeidet, muss ja zwangsläufig gut sein, wenn er am Leben bleibt.

Wir schaffen es, den Goblins in den nächsten drei Tagen zu entgehen. Am Vormittag des vierten Tages ist unser Glück zu Ende.

Wir haben eine Horde von zwanzig Goblins etwa zwei Stunden hinter uns und Oneidavas hat vor uns, hinter einer Anhöhe, weitere zwanzig entdeckt. Dagan spricht kurz mit einem seiner Krieger, dieser ruft noch einen weiteren dazu und sie schwenken sofort nach rechts.

Wenige Minuten später bleiben wir stehen.

Unsere fragenden Gesichter sprechen Bände und während die anderen Zwerge an die Arbeit gehen – was sie auch immer zu tun vorhaben –, erzählt uns Dagan, dass wir hier eine Verteidigungsstellung errichten werden. „Wir fällen Bäume und stecken sie um uns herum in den Boden. Damit können wir die Goblins abwehren und müssen uns nicht der Übermacht gleichzeitig stellen."

So schnell, wie ich es noch nicht gesehen habe, fällen die Zwerge junge Bäume und rammen sie um uns herum in den Boden.

„Endlich mal eine Herausforderung, was?" Delavar stichelt zu den Zwergen.

„Nö. Vierzig Goblins werden erst eine Herausforderung, wenn sie von Trollen begleitet werden. Aber dann haben wir ja euch, Trolltöter!" Nubnus geht bei seinen Worten gelassen seiner Tätigkeit nach, ich kann aber ein Lächeln erkennen, das seine Mundwinkel umspielt.

Milaileé erkennt den Sinn als erstes und erklärt es uns: „Für einen Schutzwall sind die Bäume nicht ausreichend. Sie werden von den Kriegern aber so geschickt verteilt, dass die Goblins, wenn sie uns angreifen wollen, nur einen schmalen Korridor haben, um gegen uns vorzugehen."

Dagan ergänzt ihre Ausführung: „So können vier Kämpfer die Goblins in Schach halten, während die anderen bereitstehen, um sofort eine Lücke zu schließen, wenn denn eine entstehen sollte. Die vorherigen Kämpfer können sich dann in der Zwischenzeit erholen."

Dagan befiehlt seinen Leuten, sich kampfbereit zu machen.

Wir sollen abseits stehen und zuerst ein paar Pfeile loslassen, bevor es zum Nahkampf kommt. Aus diesem sollen wir uns heraushalten und das Vorgehen der Zwerge beobachten.

Dann sind die Goblins auch schon heran. Wir verschießen die Pfeile und können die anstürmenden Kreaturen etwas dezimieren. Dann sind die Zwergenkrieger im Nahkampf dran und wir können keinen Schuss mehr riskieren, damit wir nicht versehentlich unsere Leute treffen.

Ich muss gestehen, dass ich von der Art der Zwerge, zu kämpfen, beeindruckt bin. Es wirkt zwar so, dass sie mit ihren Äxten und Hämmern einfach nur wild um sich schlagen, doch ist ein gewisser Rhythmus zu erkennen. Jeder abgeschlagene Arm und jeder eingeschlagene Kopf lassen einen eingespielten Rhythmus erkennen. Für jeden Gegner benötigen die Krieger maximal zwei Schläge. Auch müssen sie sich nicht absprechen. Jeder verlässt sich blind auf den anderen. Je vier Krieger bilden eine Einheit, sodass die Goblins nicht den Hauch einer Chance besitzen. Zwei von ihnen stehen den Feinden gegenüber, während die anderen beiden die Flanken decken. Nach jeweils vier Gegnern, die unter den Schlägen von Hammer und Axt fallen, tauschen sie die Position und die beiden, die vorne waren, nehmen den Platz an den Flanken ein.

Als die zweite Horde uns erreicht, haben die Zwerge mit der ersten schon kurzen Prozess gemacht.

Diese vier ziehen sich zurück und vier andere nehmen ihre Plätze ein. Wir decken die ankommenden wieder mit Pfeilen ein und das Spiel beginnt von vorn.

Innerhalb kürzester Zeit sind die vierzig Angreifer niedergemacht. Die Zwerge haben nicht die kleinste Verwundung davongetragen.

„Wenn wir die Gelegenheit bekommen", frage ich Dagan, „würdet ihr uns in eurer Kampfesweise unterrichten?"

„Ich glaube nicht, dass unsere Art zu kämpfen für euch geeignet ist, aber wenn sich die Gelegenheit ergibt, dann werden wir gerne unsere Art erklären. Vielleicht finden wir einen Weg, wie ihr etwas davon nutzen könnt."

Ohne Zeit zu verschwenden, wandern wir weiter. Seltsamerweise kommen wir jetzt durch eine nahezu verlassene Gegend. Wir können in Ruhe jagen und unsere Vorräte auffrischen. Die Gegend ist reich an Wild und kleinen Bächen, nur Goblins finden wir keine. Die nächtlichen Feuer sind erloschen und auch die Goblinansammlungen, die uns gejagt haben, sind verschwunden. So wagen wir es, am Abend ein Lager zu errichten und sogar ein kleines Feuer zu entzünden.

Die Zwerge heben dazu eine Grube aus, sodass der Feuerschein nach außen hin kaum sichtbar ist. Zusammen mit den Zwergen sind wir zu achtzehnt, sodass wir immer zu sechst Wache halten. So können die anderen zwei Drittel der Nacht schlafen und uns kann nichts entgehen. Erstaunlicherweise gibt es in der Nähe in der Tat keine Feinde mehr. Die Nacht vergeht ohne Vorkommnisse und am Morgen brechen wir frisch und ausgeruht auf.

Aufgrund ihrer Lautstärke sind die Zwerge keine guten Kundschafter, sodass diese Aufgabe uns übertragen wird.

Leutherion und Balladion gehen voraus, Oneidavas und Delavar sichern den Trupp zu den Seiten hin ab und Milaileé und ich bilden die Nachhut.

„Was meinst du, reichen die geplanten Wachposten, um die Goblins von unserer Grenze fernzuhalten, oder steuert alles auf einen Krieg mit den Kreaturen hin?", frage ich Milaileé, während wir in etwa einer Stunde Abstand hinter den anderen her marschieren.

Nach einiger Zeit erst antwortet sie. „Ich bin mir nicht sicher, ob wir es mit den üblichen Goblinüberfällen zu tun haben. Diese Ansammlung an Goblins und auch ihre Hartnäckigkeit ist ungewöhnlich."

Sie bleibt einen Augenblick stehen und schaut sich um, lauscht in die Ferne. Dann fährt sie nachdenklich fort: „Diese neue Qualität der Rüstung und der Waffen lässt in meinen Augen nur den Schluss zu, dass sie nicht aus eigenem Antrieb handeln, sondern dass es da irgendetwas oder irgendjemanden gibt, der sie anführt. Du hast gesehen, wie sie uns angegriffen haben. Die Kreaturen sind ja allgemein nicht die Hellsten, daher war es vorhersehbar, dass die Falle der Zwerge funktionieren würde. Sie lernen einfach nicht dazu!"

Eine Weile gehen wir schweigend nebeneinander her.

Ich unterbreche die Stille. „Aber sie lassen uns nun in Ruhe. Vielleicht haben sie eingesehen, dass sie uns nicht aufhalten können, und entschieden, uns lieber ziehen zu lassen."

Sie schüttelt leicht den Kopf. „Nein, das glaube ich nicht. Dann würden wir trotz allem einzelne Gruppen oder Lagerstellen ausfindig machen.

Ich denke, dass sie sich irgendwo sammeln. Und um deine vorangehende Frage zu beantworten: Ja, ich glaube, dass es zu einem Krieg kommen wird.

Die Frage ist nur: Hat er schon begonnen oder haben wir noch etwas Zeit?"

Sie verstummt und wir beide hängen unseren Gedanken nach. Wir kommen in diesem leeren Landstrich recht gut voran und auch in der folgenden Woche marschieren wir ohne eine Begegnung mit den Goblins vorwärts. Das macht nun selbst die Zwerge misstrauisch und wir bewegen uns mit jedem Tag vorsichtiger.

„Es kann doch nicht sein, dass wir durch Goblinland spazieren und ich meine Axt gar nicht schwingen kann. Die setzt schon Rost an."

„Du hast Recht, kein Bier, kein Käse und nun sind auch die Goblins abgehauen. Da ist es im Norden bei den Orks deutlich amüsanter." Nubnus und Ruoism wandern laut meckernd hinter den anderen her.

Orks! Von diesen Kreaturen habe ich schon gehört. Doch findet sich nichts bei uns in den Aufzeichnungen. Ich nehme mir vor, wenn wir die Situation mit den Goblins bereinigt haben, die Zwerge nach diesen Kreaturen aus dem Norden zu fragen.

Wir sind noch drei Tagesmärsche von der Grenze entfernt. Am heutigen Tag sind Delavar und ich diejenigen, die die Vorhut bilden. Wir sind der Zwergentruppe ungefähr drei Stunden voraus.

Gegen Mittag kann ich Rauch riechen. „Warte Delavar, ich rieche Holzrauch."

„Ja, ich habe es soeben auch wahrgenommen. Lass uns vorsichtig in die Richtung gehen."

Die Quelle muss irgendwo vor uns liegen und wir gehen langsam voran.

Wir verlassen gerade ein kleines Wäldchen, als wir am Horizont hinter einer flachen Hügelkette Rauchsäulen sehen können. Viele Rauchsäulen. Auch der Geruch nach brennendem Holz wird stärker.

„Wer auch immer für diese Feuer verantwortlich ist, er hätte ruhig trockeneres Holz nehmen können." Delavar rümpft die Nase und auch ich kann erkennen, dass sehr viel frisches Holz verbrannt wird.

Ein summendes Geräusch dringt an unsere Ohren, als wir uns den Feuern nähern. Wir brauchen einen Augenblick, bis wir die Geräusche zuordnen können. Es sind Stimmen, unter die sich diverse andere Geräusche mischen. Mit äußerster Vorsicht erklimmen wir einen kleinen Hügel. Auf dem Bauch liegend schieben wir uns langsam zur Hügelkuppe vor. Oben angekommen stockt uns der Atem.

„Was zum …" Delavar unterdrückt seine Fluchtirade und verstummt schnell.

Unser Geist benötigt einige Sekunden, um den Anblick zu erfassen. Vor uns in einer Ebene lagern Goblins. Nicht zwanzig oder fünfzig. Auch nicht hundert oder dreihundert. Die Ebene ist übersät mit den Kreaturen. Es müssen Tausende sein.

Oger und Trolle können wir ebenfalls erkennen.

Auch wenn diese Armee noch weit entfernt ist, so meine ich doch, Menschen zu erkennen. Delavar pflichtet mir bei. Auch er kann vereinzelt Menschen ausmachen.

„Also machen die Goblins wirklich gemeinsame Sache mit den Menschen."

„Vielleicht sind es nur vereinzelte Menschen, die sich mit den Goblins abgeben", antwortet Delavar. „Ich habe gelesen, dass es von den Menschen so viele gibt und dass sie nicht alle denselben Zielen nacheilen."

Wir ziehen uns zurück und begeben uns schnellstens zu unseren Gefährten.

„Also haben sich die Goblins tatsächlich zu einer Armee versammelt." Leutherion reagiert auf unseren Bericht, als hätte er so etwas schon erwartet.

Dagan flucht leise: „Wir hätten es uns denken können, dass die Menschen da mitmischen. Sobald diese unsägliche Magie wieder kräftiger geworden ist, sind diese unersättlichen Kreaturen ausgezogen, um nach Macht und Reichtum zu streben." Er spuckt bei seinen Worten aus.

„Also, ich denke, es ist eine gute Sache, wenn die Magie erstarkt", wage ich einzuwenden.

Sesur schnaubt: „Ich kann daran nichts Gutes erkennen. Magie ist nicht natürlich. Echte Krieger sollten sich nicht mit so etwas abgeben. Eine Axt ist immer noch effektiver, als wenn ich meinem Feind Furunkel ins Gesicht hexen würde. Und auch ehrlicher. Das ist meine Meinung."

Bei seinen Worten nicken die Zwerge und spucken alle aus. Ich entschließe mich, dieses Thema erst einmal nicht weiter zu vertiefen.

Noch ist unsere Freundschaft zu neu und zerbrechlich, um einen Streit über ein Thema vom Zaun zu brechen, das wir ohnehin nicht beeinflussen können.

Gemeinsam marschieren wir bis zum Fuße der Hügelkette. Die Zwerge schleichen sich langsam auf die Kuppe – wenn sie wollen, können sie sich tatsächlich beinahe lautlos bewegen. Nach einem langen Blick versammelt Dagan seine Krieger um sich und nach einer kurzen Besprechung machen sich vier von ihnen daran, den Weg, den wir gekommen sind, wieder zurückzumarschieren. Die übrigen acht, inklusive Dagan, setzen sich zu uns und wir halten Rat.

„Da kommen selbst wir nicht durch. Das hat mit den üblichen Plündertrupps der Goblins nichts mehr zu tun.

Das ist eine richtige Armee. Man kann die Schmiedefeuer riechen." Er schüttelt ungläubig den Kopf. „Es ist mir neu, dass diese jämmerlichen Kreaturen der Schmiedekunst mächtig sind. Aber ich gebe euch Recht, auch ich kann Menschen unter ihnen erkennen. Da ist etwas Größeres in Gange. Daher habe ich die anderen weggeschickt. Unser König muss darüber informiert werden, denn noch rechnet er mit einem größeren Überfallkommando und nicht mit Tausenden organisierten Goblins mit menschlicher Unterstützung."

Er seufzt und senkt den Kopf. „Wir werden diese Armee umgehen müssen, wenn wir zu eurem Volk vordringen wollen. Da wir uns hier nicht sehr gut auskennen, werden wir uns eurer Führung anvertrauen." Dagan beendet seine Rede und schaut Leutherion erwartungsvoll an.

Dieser überlegt kurz und erklärt dann: „Die Armee Richtung Süden zu umgehen, wäre Selbstmord.

Im Süden haben die Goblins ihre Siedlungen und es wäre schon ein Wunder nötig, um dort ungesehen vorbeizukommen. Im Norden allerdings leben zwar die Trolle, sie sind aber Einzelgänger und wir haben eine größere Chance, dort ungesehen durchzukommen. Das heißt, wir würden uns zur Nordfeste durchschlagen und dann von da aus ins Kernland begeben."

„Mit Trollen kennen wir uns ja aus. Da können wir unseren neuen Freunden mal zeigen, wie das geht", meint Oneidavas mit einem deutlichen Lachen in seiner Stimme.

Die Zwerge schauen ihn ungläubig an. Als sie jedoch sein Grinsen bemerken, lachen sie schallend und hauen ihm anerkennend auf die Schulter, sodass er einen Schritt nach vorne stolpert.

„So eine Einstellung lobe ich mir. So denkt ein wahrer Krieger." Dagans dichter Bart bebt vor Lachen.

Somit entscheiden wir uns, von hier aus direkt nach Norden zu ziehen, die feindliche Armee zu unserer Rechten. Zur Sicherheit werden wir ausschließlich in der Nacht reisen.

Bis zur Abenddämmerung beobachten wir die versammelten Kreaturen. Sie scheinen aber nicht mit Kundschaftern in ihrem Rücken zu rechnen.

Wir können keinerlei Wachposten in unserer Richtung ausmachen, was nicht einmal die Zwerge betrübt. Auch sind wir noch so weit entfernt, dass wir vor zufälligen Blicken geschützt sind, wenn wir uns am Fuße der Hügelkette bewegen.

Während wir durch die Dunkelheit wandern, orientieren wir uns an dem entfernten Feuerschein und haben ihn nach drei Tagen hinter uns gelassen.

Da wir es jetzt für sicher genug halten, biegen wir hier schon nach Osten ab.

Als wir nur noch einen Tages- beziehungsweise Nachtmarsch von der Grenze entfernt sind, trifft unsere Vorhut, bestehend aus Oneidavas, Balladion und Delavar auf eine von unseren Patrouillen, die in arger Bedrängnis ist. Die sechs Wächter sind von fünfundzwanzig Goblins eingekesselt.

Ohne uns lange einen Schlachtplan zu überlegen, greifen wir die Ungeheuer von hinten an und stiften damit ordentlich Verwirrung. Die Zwerge gehen in ihrer bewährten Viererformation vor, während wir in unseren üblichen Zweierpaarungen in den Kampf eingreifen. Dagan und seine Krieger walzen wie ein Drache in die Linie der Goblins hinein. Die Kreaturen haben keine Chance und können von den Zwergen keine Gnade erwarten. Wir dreschen zwar nicht so gewaltsam drauf los wie die Zwerge, können aber ebenfalls mit ein paar Schwertstichen und -hieben unseren Gegnern schnell den Garaus machen.

Die Überzeugung der eigenen Unsterblichkeit der Zwerge hat allmählich auf uns abgefärbt. Wir brechen durch die Linien und gesellen uns zu dem bedrängten Patrouillentrupp.

Auch wenn die Goblins in neue Rüstungen gekleidet sind, neue, scharfe Waffen haben und organisiert sind, so können sie sich doch immer noch nicht schnell auf neue Situationen einstellen. Somit ist der Kampf bald beendet.

Die Geretteten haben alle kleine Wunden davongetragen. Sie sind jedoch nicht ernsthaft verletzt. Wir ziehen uns vom Schlachtfeld zurück und klären die Lage mit der Truppführerin der Patrouille, Ailsinn.

Sie berichtet Leutherion, wie sie in einen Hinterhalt der Goblins geraten sind. „Diese Kreaturen kommen seit einiger Zeit vermehrt über die Grenze. Diesmal jedoch haben sie uns einen Hinterhalt gestellt. Da sind wir drauf reingefallen, denn diese Klugheit haben wir ihnen nicht zugetraut."

Einer ihrer Krieger ergänzt: „Habt ihr die Rüstungen und Schwerter gesehen? So gut waren diese Biester noch nie ausgerüstet."

Leutherion berichtet seinerseits von unseren Beobachtungen. Neugierig beäugen die Elfen unsere zwergischen Begleiter.

Leutherion erklärt Ailsinn unsere Mission und wir brechen umgehend auf. Gemeinsam mit den anderen marschieren wir zur Grenze. Ich hätte nicht geglaubt, dass wir so ohne Weiteres durch die feindlichen Linien kommen würden, aber wir entdecken keine weiteren Feinde.

So erreichen wir unbehelligt die Nordfeste. Dort werden wir freudig und mit großer Neugier empfangen. Leutherion und Dagan erstatten Bericht, während wir anderen uns ein wenig erholen. Eine längere Pause legen wir jedoch nicht ein. Schon am nächsten Tag reisen wir weiter, um dem Hohen Rat zu berichten und die Hilfe der Zwerge anzubieten.

Der Hohe Rat

Wir kommen nun, wo wir uns in unserem eigenen Land befinden, sehr rasch voran. Die Zwerge allerdings fühlen sich in unseren Wäldern sichtlich unwohl. Sie murren aber nur sehr leise und folgen uns, ohne zu zögern. Ich bin mir sicher, dass ich gesehen habe, wie sie die Bäume unverhohlen misstrauisch beäugen. Ich grinse leise in mich hinein. Uns ist es in ihren Höhlen ähnlich ergangen.

Da wir nur die notwendigsten Pausen machen, erreichen wir nach weiteren sechzehn Tagen das Vocaru und treten vor den Hohen Rat. Milaileé ist uns vorausgeeilt, sodass wir schon erwartet werden. Ich kann meine Eltern sehen. Sie stehen in der neugierigen Menge und beobachten unser Eintreffen. Leider habe ich keine Zeit für eine Begrüßung. Ein kurzes Kopfnicken muss reichen, dann werden wir schon zur Ratshalle geführt. Davor sind Stühle und Tische aufgebaut. Speisen und Erfrischungen stehen für uns bereit.

Während wir anderen uns erfrischen, wird Leutherion mit Dagan in die Halle geführt. Wir anderen warten ab. Die Zwerge gehen mit unserer Nahrung genauso vorsichtig um, wie wir damals in den Zwergenstollen mit der ihren. Das frische Wildbret scheint ihnen zu schmecken, das Gemüse und das Obst lassen sie liegen. Irgendwann werden auch wir Übrigen hineingebeten.

Die Halle fasst gut fünfhundert Mann. Momentan befinden sich jedoch nur die drei Weisen vom Rat und wir uns in dem riesigen Raum. Die Wände bestehen aus jungen, noch immer wachsenden Eschen.

Mächtige Eichenstämme bilden in regelmäßigen Abständen Säulen und ein immergrünes Blätterdach schützt vor Regen.

„Auch euch grüßen wir. Möge das Sternenlicht immer für euch leuchten und euch den richtigen Pfad weisen", spricht der Älteste die traditionellen Begrüßungsworte.

Ein einfaches Hallo hätte auch gereicht. Durch die Zeit bei den Zwergen und auch zuvor in der Grenzfeste. bin ich inzwischen einen weniger förmlichen Umgang gewohnt.

„Leutherion und Dagan haben ausführlich von dem Verlauf eurer Mission erzählt. Auch von Kildare erreichte uns die Kunde, dass die Goblins sich an den Grenzen sammeln."

Ancoron deutet auf die Zwerge: „Wir sind sehr erfreut, dass das Volk der Zwerge seine Hilfe anbietet. Wohl waren wir zuerst etwas enttäuscht, dass nur acht Krieger in eurer Begleitung unser Land betreten haben, jedoch hat Dagan ausführlich über die Gründe berichtet. Wir haben Verständnis für die Entscheidung des Zwergenkönigs, hätten wir doch genauso entschieden."

Floriel, eine weitere aus dem Rat, beginnt: „Wir sind erfreut, die Gesandtschaft der Zwerge als unsere Gäste begrüßen zu dürfen. Der Hauptmann Dagan hat uns seine Hilfe angeboten. Wir sind sehr erfreut über dieses Angebot und nehmen es dankend an."

„Daher haben wir", setzt Ancoron fort, „entschieden, dass eure Leute, Truppführer Leutherion, mit den Zwergen zusammenarbeiten. Nicht nur, dass wir so eine neue Verbindung zwischen unseren Völkern knüpfen können, ihr sollt auch mit ihnen gehen.

Denn sie haben uns angeboten, beim Bau unserer neuen Grenzbastionen zu helfen und ihr Wissen über die Steinverarbeitung einzubringen."

Aimsir, der Dritte im Bunde, der bis jetzt nur schweigend zugehört hat, nickt zustimmend.

Unser Trupp soll die Verbindung zwischen den Völkern herstellen. Das bedeutet für uns, dass wir ab sofort zusammen mit Dagan und seinen Männern arbeiten werden. Da die Zwerge unser Land und unsere Grenze nicht kennen, werden wir mit ihnen zur Westfeste gehen und von dort aus mit ihrer Hilfe die Verteidigungsanlagen errichten. Dann werden wir auch schon entlassen und dürfen uns entfernen.

Ich bin nicht sicher, ob ich das eben richtig verstanden habe. „Das hört sich so an, als hätten sie noch gar nicht angefangen, neue Befestigungen zu errichten?" Fragend blicke ich Leutherion an.

„Da hast du leider richtig gehört. Der Rat hat in seiner Weisheit beschlossen, unsere Grenzen ungeschützt zu lassen, bis wir mit einer Nachricht von den Zwergen zurückkehren." Seine Stimme klingt bitter und enttäuscht.

Ich kann es gar nicht glauben. Monatelang wurde hier nichts getan.

Wir führen die Zwerge in unsere Gemeinschaftshalle, damit sie sich bis zum Morgen etwas ausruhen können. Die Zwerge sind höflich genug, ihre Gedanken nicht laut zu äußern.

Ich nutze die Zeit, um meine Eltern zu besuchen. Ich berichte von meinem Leben bei der Grenzwache und von meinen Abenteuern.

Besonders die Zeit bei den Zwergen scheint sie zu interessieren. Unseren verhängnisvollen Kampf mit den Goblins und den Menschen verschweige ich lieber, damit sich meine Mutter nicht ängstigt. Spät in der Nacht verabschiede ich mich von meinen Eltern, da wir am Morgen wieder aufbrechen werden.

Bollwerk

Auf dem Weg zur Feste erzählen wir Dagan und seiner Truppe von unserem Land und unserer Verteidigung. Dass wir bis zum heutigen Zeitpunkt keine Mauern und nur vier Festungen besitzen, quittieren die Zwerge mit Unverständnis.

„Naja, bis jetzt war es einfach nicht notwendig."

„Ihr lebt in unmittelbarer Nachbarschaft mit den Goblins und habt es nicht für notwendig gehalten, mehr als nur vier, ich wiederhole, vier Festungen zu errichten?" Dagan schüttelt ungläubig den Kopf.

„Naja, bei der jetzigen Situation haben wir keine wirkliche Erklärung dafür." Verlegen sucht Leutherion nach einer Begründung.

Auch wenn wir keine Steinbrüche haben, sondern fast ausschließlich mit Holz arbeiten, fangen die Zwerge schon mit der Planung diverser Bollwerke und Verteidigungsanlagen an. Auf unserem Weg nehmen die Krieger verschiedene Hölzer mit und analysieren die Möglichkeiten, die das Holz zur Konstruktion von Kriegsmaschinerie bietet.

„Nutzt ihr jedes Holz für eure Bögen?", fragt Nubnus Milaileé, als sie wissen will, wofür das gut ist.

„Nein natürlich nicht."

„Na, also. Man kann einen neuen Stollen mit jeder Art von Holz abstützen. Das bedeutet aber nicht, dass man das auch machen sollte."

„Da hast du sicherlich Recht, auch wenn ich gerade nicht weiß, was ein Stollen ist."

„Naja, ich kenne mich mit Holz nicht so gut aus wie mit Stein und Fels, aber trotzdem möchten wir die optimalen Holzarten für die Bastionen finden.

Holz, das besonders schwer zu entzünden ist, wird sicherlich für bestimmte Zwecke besser geeignet sein als zum Beispiel biegsames und weiches Holz, das wir für Katapulte und Wurfgeschosse benötigen."

Als wir die Feste erreichen, haben Dagan und seine Jungs schon feste Pläne im Kopf. Umgehend führen wir sie zu Kildare, damit wir unser weiteres Vorgehen schnellstmöglich besprechen können. Ungeachtet der späten Uhrzeit lassen wir uns Speisen und Getränke bringen und beraten uns die ganze Nacht bis in den späten Morgen hinein.

Am nächsten Tag brechen wir auf. Uns werden unsere eigenen Baumeister begleiten, damit sie von Dagan die Ausführung der Verteidigungsanlagen erlernen und entlang der Grenze weitere errichten können. Die Zwerge wollen im Abstand von jeweils einem halben Tagesmarsch Verteidigungsanlagen errichten. So können wir geschlossene Kampflinien bilden und die Goblins haben keine Chance mehr, unseren Truppen zu entwischen und ins Land einzudringen.

Neben den Baumeistern begleitet uns ein Trupp von einhundertfünfzig Kriegern, die uns zum einen schützen und zum anderen die neu zu errichtende Festung bemannen sollen. Es handelt sich um fünfundzwanzig Lanzenreiter, fünfzig mit Schwert bewaffnete Fußsoldaten, fünfzig Bogenschützen sowie fünfundzwanzig Handwerker, Köche und Heiler.

In der Zeit, die wir benötigen, diese Festung zu errichten, werden weitere Trupps in ähnlicher Stärke zusammengestellt und an die Plätze der geplanten Verteidigungsanlagen gesandt. Dort werden sie schon einmal alles vorbereiten, sodass wir in kurzer Zeit so viele Festungen wie möglich errichten können.

Uns wird schmerzlich bewusst, dass wir der Armee der Goblins zahlenmäßig hoffnungslos unterlegen sind.

Ein paar Hundert gegen wie viele? Zigtausende Goblins, Menschen, Trolle, Oger und wer weiß, was noch für Kreaturen dabei sind.

Da wir einige Wagen mit Baumaterialien dabeihaben, benötigen wir etwas länger als den halben Tag. Am späten Nachmittag erreichen wir den vorgesehenen Platz. Eine Grundfläche von bestimmt einhundert mal einhundert Metern ist frisch gerodet und die Baumstämme liegen zur weiteren Verarbeitung bereit. Die Krieger verteilen sich und senden Kundschafter aus, damit wir nicht von der Armee der Goblins überrascht werden können. Die Zwerge sichten das Material und teilen uns die Arbeiten zu, damit wir morgen in aller Frühe mit dem Bau beginnen können.

Morgens beginnen wir weit vor Sonnenaufgang. Dagan schickt Rishock, einen Krieger aus seiner Truppe, los, damit er nach einem geeigneten Steinvorkommen sucht. Die Zwerge haben eine Gabe dafür, für uns verborgene Steinvorkommen zu finden und auch zu bestimmen, wofür diese Gesteinsart am besten zu verwenden ist. Einer unserer Krieger begleitet ihn als Führer in den Wald.

Während Rishock unterwegs ist, fangen wir anderen an, die Maße der geplanten äußeren Mauer abzustecken.

Anschließend graben wir entlang einer gespannten Schnur einen flachen Graben, in den das Fundament für die Mauer hineingelegt werden soll. Es ist eine schweißtreibende Arbeit und ich bin froh über meine durch das Training gestiegene Ausdauer. In meiner Zeit vor der Grenzwache wäre ich sicher nach einer Stunde zusammengebrochen. An diesem Tag schaffen wir es, ein großes Quadrat von etwa einem Meter Tiefe auszuheben. Als nächstes müssen wir die Holzstämme für das Ständerwerk zurecht arbeiten.

Da wir alle – mit Ausnahme der Zwerge – erschöpft sind, genießen wir das Abendessen, welches die Köche für uns bereitet haben, und gehen früh schlafen. Am nächsten Morgen ist Rishock wieder da und teilt uns mit, dass er einen kleinen Steinbruch gefunden hat. Es ist in seinen Augen wohl nichts Besonderes, aber für eine Mauer gegen Goblinkrieger sollte das Material zu gebrauchen sein.

Wir bauen unsere Wagen um und einige von uns brechen mit ein paar Zwergen auf, um die Steine zu besorgen. Wir anderen nehmen uns die Baumstämme vor. Dagan gibt uns Anweisung, wie sie genau auszusehen haben und welche Maße sie bekommen müssen.

Wir nehmen das Werkzeug, das wir extra dafür mitgenommen haben, und stellen hunderte gleichlange und exakt quadratische Holzbalken her. Die Zwerge fertigen Unmengen an Keilen und kleinen Holzstiften. Auch benötigen wir viele flache Holzbretter, um Fußböden und Wände herzustellen. Einige unserer Handwerker sind seit heute Morgen dabei, weitere Bäume zu fällen. Die Bogenschützen aus der Truppe versorgen uns mit Nahrung.

Abends treffen sich Leutherion, Dagan und Nogôhel, der Hauptmann der Truppe, um die Lage zu besprechen. Wir haben in den letzten zwei Tagen nicht viel von den Geschehnissen um uns herum mitbekommen.

Die Goblins begnügen sich damit, die Stellung zu halten. Es ist keinerlei Bewegung der Armee zu sehen und auch unsere Tätigkeit scheint bis jetzt noch nicht bemerkt worden zu sein. Das wird jedoch nur noch eine Frage der Zeit sein. Jeder Heerführer, der seinen Titel verdient hat, würde uns angreifen, noch bevor wir die Außenmauer fertig haben, damit wir uns nicht dahinter verschanzen können.

So errichten wir in den nächsten Tagen eine stattliche Mauer von gut drei Metern Höhe. Das ist zwar nicht so hoch wie die Mauern in den Grenzfestungen. Doch müssen wir mit dem Stein sparsam umgehen, denn das Steinvorkommen ist nur begrenzt und reicht nicht für gewaltige Wehranlagen. Die Zwerge bearbeiten die Steine so exakt, dass Stein für Stein aneinandergefügt werden kann und die Fuge nicht einmal einen Fingernagel breit ist. Auf der Innenseite der Mauer stützen die von uns zugeschnittenen Balken einen schmalen Wehrgang in zwei Metern Höhe, sodass der letzte Meter als Schutzwall für die Mauerbesatzung dient.

Parallel haben wir damit begonnen, vier Gebäude im Inneren der Anlage zu errichten. Aus Mangel an Steinen können wir diese Gebäude lediglich aus Holz erbauen. Aber auch darin sind die Zwerge routiniert und schnell. Wir bauen das Wirtschaftsgebäude zuerst, damit wir einen warmen Platz zum Schlafen haben und unsere Mahlzeiten geschützt zu uns nehmen können.

Als nächstes steht der Stall für die Pferde auf dem Plan. Anschließend das Gebäude für die Schlafräume der Krieger und als letztes das Hauptgebäude mit Waffenkammer und Besprechungsräumen.

Mehr ist in so kurzer Zeit nicht möglich und die Baumeister haben sich nach dem Bau der Mauer schon auf den Weg gemacht, um an den anderen Stellen weiterzumachen. Insgesamt benötigen wir einen Monat, um die Mauer und alle Gebäude zu errichten. Noch immer werden wir in Ruhe gelassen. Kein einziger Goblin lässt sich blicken. Alles weitere wird nach und nach ergänzt. Unsere Begleittruppe richtet sich ein und wir und die Zwerge ziehen weiter.

Als wir uns dem Platz der zweiten Festung nähern, liegt Brandgeruch in der Luft. Vorsichtig schwärmen wir aus und nähern uns dem Ort des Geschehens.

Als wir die Lichtung erreichen, sehen wir nur noch die schwelenden Überreste der Baustelle. Und viele Leichen. Sowohl von unseren Leuten als auch von sehr vielen Goblins. Sogar zwei Oger befinden sich unter den Kadavern.

„Sil'ir und Milaileé, ihr geht nach Süden und sucht die feindliche Armee. Oneidavas und Delavar, ihr geht nach Norden. Seht, ob ihr Überlebende finden könnt. Balladion und ich gehen nach Osten." Leutherion teilt uns sofort auf, um die Umgebung zu durchkämmen, nachdem wir nach Überlebenden gesucht haben. „Dagan, darf ich dich bitten, die Umgebung zu sichern?"

„Aber selbstverständlich." Die Krieger sind sofort kampfbereit und teilen sich nach ihrer Art auf.

Milaileé und ich brechen auf und suchen die Goblins. Wir müssen in Erfahrung bringen, wo sie ihr Lager haben. Da die Trümmer noch glühen, kann der Kampf noch nicht lange her sein. Wir müssen auch nicht lange suchen. Nach etwa einer halben Stunde können wir Feuerschein hinter einem kleinen Hügel ausmachen.

Vorsichtig schleichen wir uns auf die Hügelkuppe. Wir blicken auf das Lager von etwa einhundert Goblins. Mehrere Feuer erhellen das Lager. Viele Zelte stehen in Reih und Glied. In regelmäßigen Abständen sind Wachen um das Lager postiert.

„Hundert von denen. Wir sind sind vierzehn. Das wird nicht einfach. Hoffentlich bemerken sie uns nicht."

Milaileé hat Recht. Dieser Übermacht haben wir nichts entgegenzusetzen. Vorsichtig machen wir uns auf den Rückweg. Die anderen konnten keine Überlebenden finden. Und auch im Osten befinden sich Lager mit mehreren Hundert Goblins.

Wir entscheiden uns dazu, sofort zurückzukehren und die Mannschaft am frisch errichteten Fort zu informieren. Im Eilschritt machen wir uns auf den Weg und lassen die Überreste hinter uns zurück. Wir können hier ohnehin nichts mehr tun. Am Nachmittag erreichen wir das Fort und berichten Nogôhel, was einen halben Tag östlich geschehen ist.

Soweit die Krieger nicht schon in Alarmbereitschaft sind, werden sie nun alarmiert. Späher sind ohnehin schon unterwegs. Was uns die zurückkehrenden Späher mitteilen, ist nicht gerade ermutigend. Es sieht so aus, als würden wir schon bald unsere neue Festung benötigen.

Am Morgen, als wir aufgebrochen sind, haben sich die Goblins ebenfalls in Bewegung gesetzt und sich in unsere Richtung aufgemacht.

Noch in dieser Nacht sind die Jäger unterwegs, um ausreichend Vorräte und Trinkwasser zu beschaffen. Pfeile werden auf den Wehrgängen verteilt und die erfahrenen Krieger legen sich, bis auf die Wachen, zur Ruhe, um vor dem erwarteten Kampf noch etwas Schlaf zu bekommen.

Auch wir legen uns hin. Es fällt mir nicht so leicht wie meinen Kameraden, im Angesicht des nahenden Kampfes Ruhe zu finden. Ich kontrolliere meine Ausrüstung und prüfe noch einmal, ob alles an seinem Platz ist.

Kurz vor Sonnenaufgang sind alle Spähtrupps wieder zurück. Die Goblins sind bereits auf dem Weg zu uns. Es sind gut dreihundert von ihnen und mehrere Oger, die sie begleiten. Damit sind sie in der Überzahl. Wir haben jedoch eine Mauer, hinter der wir uns verschanzen können. Die Krieger haben die Nacht genutzt und auf dem Feld vor der Mauer angespitzte Pfähle in den Boden gerammt. Das wird die Armee natürlich nicht hindern, bis zur Mauer zu kommen, doch wird es sie verlangsamen.

Das gibt unseren Bogenschützen ausreichend Zeit, die Gegner mit ihren Pfeilen zu dezimieren, bevor wir in den Nahkampf gehen müssen.

Die Zwerge haben in der Nacht noch auf die Schnelle ein Katapult gebaut. Sie selber sind mit ihrer Arbeit nicht zufrieden. Jedoch können wir damit die Steine, die vom Bau noch übrig sind, in die feindlichen Linien schleudern.

Nogôhel hat zwei Boten zur Westfeste geschickt, dort die Situation zu schildern und Hilfe anzufordern.

Als die Sonne im Osten aufgeht, wirft der aufziehende Bodennebel ein unwirkliches Licht auf die Szenerie. Die Fläche vor unserer Mauer ist still und in goldenen Dunst getaucht. Der Nebel verschluckt alle Geräusche. Unsere Krieger sind vollzählig auf der Mauer angetreten, bereit für den Kampf.

Als die Sonne höher steigt und der Nebel lichter wird, können wir die Schatten sehen, die sich aus dem Nebel schälen. Als nächstes kommen die Geräusche dazu. Das Klirren der Waffen, das Knarzen von Leder und das Stampfen von Füßen auf dem Waldboden. Erst als dumpfer Klang, dann immer heller und lauter.

Unsere Krieger sind absolut still. Wir haben beschlossen, die Feinde erst einmal in Schussweite des Katapultes herankommen zu lassen und mit dem Beschuss die Attacke zu beginnen.

Die Zwerge schimpfen leise vor sich hin, da sie nicht genau zielen können. Einer der Zwergenkrieger steht auf der Mauer und schaut sich die feindlichen Linien durch ein Metallrohr an. Was er damit sehen will, ist mir schleierhaft. Ich bin allerdings auch mit mir selbst beschäftigt und achte nicht weiter darauf. Zum wiederholten Male zähle ich meinen Vorrat an Pfeilen durch – als ob sie von alleine weniger werden würden.

Mit seinen kurzen Fingern gibt der Zwerg seinen Kameraden am Katapult Zeichen. Kurz darauf schleudert es den ersten Stein. Fast unwirklich sieht es aus, wie der Stein in die Höhe schießt und völlig lautlos im Himmel verschwindet.

Erst kurz bevor er in die feindlichen Linien einschlägt, kündigt er sich durch ein leises Pfeifen an. Die Goblins haben keine Zeit zu reagieren und die Zwerge haben wahrlich gut gezielt. Der Stein schlägt eine Schneise durch die ersten Linien unserer Feinde. Als der erste Stein sein Ziel trifft, ist der zweite schon in der Luft. All dies passiert ohne gesprochene Befehle und mit zwergischer Genauigkeit.

Die Goblins gehen nach einer kurzen Zeit der Verwirrung zum Angriff über. Der Nebel versteckt unsere spitzen Pfähle und bald ist das Feld vor uns mit Schmerzensschreien erfüllt. Nun sind wir mit unseren Bögen dran. Nachdem die zweite Salve auf die Goblins niedergegangen ist, ziehen sie sich zurück. Auch das ist eine neue Verhaltensweise der Kreaturen. Dass Goblins sich aus einem Kampf zurückziehen, wenn sie merken, dass sie keine Chance haben, ist zwar nicht unüblich, dennoch flieht diese Armee nicht kopflos, sondern zieht sich planvoll zurück.

Als der Nebel sich vollständig verzogen hat, können wir erkennen, welche Auswirkungen unsere Angriffe gehabt haben. Zu unserer Enttäuschung liegen nur fünfzig tote Goblins zu unseren Füßen. Das Katapult hat zwei Oger erwischt, was wiederum erfreulich ist. Die Goblins haben sich außerhalb unserer Bogenschussweite zurückgezogen und formieren sich neu. Wir haben nicht mehr viele Steine und diese wollen wir aufbewahren. Damit sind wir Bogenschützen als nächstes dran. Wir nutzen die Ruhepause, um unsere Vorräte an Pfeilen zu ergänzen.

Die Goblins lassen sich bis zum frühen Nachmittag Zeit, dann starten sie einen weiteren Angriff.

Dieses Mal haben sie Schilde und auch Leitern dabei und wir erreichen mit unseren Pfeilen weitaus weniger, als wir uns erhofft haben.

Als die Goblins unsere Mauer erreichen, stellen sie die Leitern auf. Während wir diese von der Mauer wegstoßen – die Zwerge haben dafür extra mehrere lange Stangen gefertigt –, werden wir mit Pfeilen beschossen und müssen in Deckung gehen. Wir können leider nicht alle Leitern umstoßen und sind auf dem Wehrgang bald im Nahkampf mit den Goblins verstrickt.

Die Oger sind inzwischen bis zu unserem Tor vorgedrungen und versuchen, es einzuschlagen. Die Zwerge haben ganze Arbeit geleistet, denn das Tor gibt nicht einen fingerbreit nach und wir können bis zur Abenddämmerung unsere Mauer halten.

Als die Goblins sich in der einbrechenden Dunkelheit zurückziehen, sind wir mit unseren Kräften am Ende. Gut zwanzig Krieger sind gefallen und noch einmal so viele sind verletzt.

Die Goblins ziehen sich aus unserer Sichtweite zurück. Von ihnen sind bestimmt einhundertfünfzig gefallen. Noch so einen Angriff können sie sich nicht leisten.

Unsere Späher berichten, dass sie ein Lager aufgeschlagen haben. Nogôhel schickt weitere Späher aus, um die nähere Umgebung auszukundschaften. Die beiden Boten, die zur Westfeste geschickt wurden, sind noch vor Einbruch der Nacht zurück. Sie konnten zwar mit Kildare sprechen, Hilfe wird es aber nicht geben, denn die Westfeste sieht sich ebenfalls einem Angriff gegenüber.

Als in der Nacht die anderen Späher zurückkehren, wissen wir auch, weshalb die Goblins noch da sind.

Eine weitere Armee von fünfhundert dieser Kreaturen ist auf dem Weg zu uns und wird uns morgen Mittag, spätestens aber am Nachmittag erreichen.

Wir tun unser Möglichstes, um die Mauer zu verbessern und unsere Vorräte aufzufüllen. Wir ruhen uns also abwechselnd aus und rüsten uns für den kommenden Tag. Die Sonne ist an diesem Morgen hinter dichten Wolken verborgen. Nichts rührt sich vor unserer Mauer.

Ein paar Mutige wagen sich hinaus, um uns über die Feindbewegungen zu informieren. Die Armee, die schon gegen uns gekämpft hat, hat sich neu formiert, scheint aber abzuwarten. Die zweite wird uns von Westen her angreifen.

Wir überlegen, ob es ratsam ist, die kleine Armee jetzt anzugreifen. Dann würden wir aber auf jeglichen Schutz unserer Mauern verzichten müssen. Die Zwerge plädieren dafür, hinter den Mauern zu bleiben, denn so haben wir gegen die Übermacht die besten Chancen. Nach einigem Hin und Her beschließen wir, den Rat zu befolgen, denn die Zwerge haben eindeutig die größere Erfahrung in dieser Art zu kämpfen. Da die Goblins keinerlei Belagerungsgeräte bei sich führen – die Leitern ausgenommen –, werden sie sich an unserer Mauer die Zähne ausbeißen. Zumindest die Zwerge sind überzeugt davon. Und so rüsten wir uns für die Schlacht und warten auf das, was da kommen wird.

Anders als am Beginn der vorherigen Kämpfe beginnt dieser Angriff nicht leise und still. Am Nachmittag erschallt aus dem Westen Hörnerklang.

Aus dem Süden erklingt beinahe sofort die Antwort und wir können die ersten Schritte hören.

Die Armee, die uns von Süden angreift, bleibt außerhalb unserer Bogenschussweite stehen und wartet ab. Erst am Nachmittag erreicht uns auch die Armee im Westen.

Das Warten zerrt an den Nerven und man wünscht sich beinahe, dass der Angriff beginnen möge. Obwohl nur noch kurze Zeit Tageslicht herrscht, gehen beide Armeen gemeinsam zum Angriff über.

Die Zwerge haben das Katapult auf die westlichen Angreifer ausgerichtet und wir sind froh, nicht alle Steine beim ersten Angriff gestern verbraucht zu haben. Wir nutzen die gleiche Strategie wie schon zuvor und können uns bis zum Anbrechen der Dunkelheit halten, ohne dass ein Goblin einen Fuß auf unsere Mauer setzt.

Unsere Pfeile neigen sich dem Ende zu. Nachschub haben wir keinen mehr. Das bedeutet, dass sich am morgigen Tage die Schlacht im Nahkampf entscheiden wird.

Beide Armeen ziehen sich in der Dunkelheit zurück. Wir können erkennen, dass sie sich zusammenschließen. Morgen haben wir es mit einer vereinten Armee zu tun. Auch wir verlassen die Mauer, bis auf die Wachen, um uns zu beraten.

Seit wir mit Dagan zusammen unterwegs sind, nimmt Leutherion uns immer alle zusammen mit zu den Besprechungen. Wir haben zwar nichts zu bestimmen, doch dürfen wir unsere Ideen kundtun. Da wir nur fünfundzwanzig Lanzenreiter haben, nutzt uns bei dieser Menge an Feinden ein Ausfall leider nichts. Keiner der Reiter würde zurückkehren.

Daher werden wir den Angriff auf unserer Mauer abwehren und versuchen, der Armee der Goblins standzuhalten.

Die Zwerge werden die Verteidigung des Tores übernehmen. Wie wir es schon vor einer gefühlten Ewigkeit auf unserem Erkundungstrupp gemacht haben, errichten sie mit stabilen Holzpfählen eine Gasse ins Innere des Forts. Sollte es also den Kreaturen gelingen, durch das Tor zu brechen, können sie nur in geringer Zahl gleichzeitig eindringen, und die Verteidiger können sie dadurch besser abwehren.

Wir sind kaum mit unseren Vorbereitungen fertig, als im Morgengrauen erneut die Hörner erklingen. Wieder rücken die Goblins im Schutz ihrer Schilde vor. Irgendetwas ist dieses Mal jedoch anders. Große Gestalten bewegen sich in der Mitte direkt auf unser Tor zu. Es sind vier Oger. Geschützt durch mehrere Schilde, die an einem Gestell über ihnen angebracht sind, tragen sie in ihrer Mitte einen großen Baumstamm. Sie haben also vor, unser Tor aufzubrechen.

Unsere Pfeile kommen nicht durch die Schilde, zumal wir auf der Mauer bald alle Hände voll zu tun bekommen, die Goblins, die es hinauf geschafft haben, wieder nach unten zu befördern. Wir können die Leitern bald nicht mehr zurückstoßen, so viele sind es. Die Schlacht auf der Mauer folgt schnell keinem Plan mehr. Wir halten uns die Goblins so gut es geht vom Leib. Wo immer eine Lücke in der Verteidigung klafft, eilen wir hin. Uns bleibt nur, darauf zu vertrauen, dass die Zwerge das Tor halten, sonst werden wir überrannt.

Immer mehr der Kreaturen springen die zwei Meter hinab in den Hof und bald schon wird überall gekämpft.

Viel Zeit, die Situation zu beurteilen, habe ich nicht, ich bin viel zu sehr damit beschäftigt, am Leben zu bleiben. Die Goblins, die es in den Hof geschafft haben, versuchen das Tor von innen zu öffnen, scheitern jedoch an den Zwergen, die sich ihnen entgegenstellen.

Die Schlacht tobt bis zum Mittag, dann können wir auf der Mauer das Brechen des Tores hören. Ein jubelnder Aufschrei geht durch unsere Feinde. Wir müssen allen Mut zusammennehmen, um uns auf unsere Gegner zu konzentrieren und den Zwergen zu vertrauen.

Die Freude, die die Kreaturen zum Tor stürmen lässt, bietet uns die Gelegenheit, unsere letzten Pfeile erfolgreich einzusetzen.

Vor dem Tor sammeln sich alle Goblins und versuchen, gleichzeitig hindurch zu gelangen. Hier merkt man wieder die Disziplinlosigkeit der Kreaturen.

Die Vorrichtung der Zwerge funktioniert sehr gut und es kommen immer nur drei bis fünf Goblins hinein. Erst als die Oger eindringen, geraten sie in Bedrängnis. Oneidavas und ich schauen uns an, wir stehen direkt über ihnen auf der Mauer. Wir suchen uns jeder einen Oger aus und springen ihnen auf den Rücken. Mit aller Kraft stoßen wir unsere Schwerter in ihren Nacken. Durch die Wucht unseres Falles gelingt es uns tatsächlich, die dicke Haut der Monster zu durchstoßen. Wir schauen uns verdutzt an, mit diesem Erfolg haben wir nicht wirklich gerechnet. Zwei Oger sind damit unschädlich gemacht.

Die Zwerge grüßen uns erfreut und wir reihen uns bei ihnen ein, da wir nicht mehr auf die Mauer zurück können.

Wir wechseln uns mit den Zwergen ab. Immer vier stehen an der Front und verteidigen den Eingang gegen die Goblins. Doch immer nur für einige Augenblicke. Dann wird gewechselt. So haben wir Zeit, uns einen Augenblick zu erholen.

Meine Hände sind glitschig vom Blut und ich habe Mühe, mein Schwert festzuhalten. Mehrmals wäre es mir beinahe aus den nassen Händen gerutscht. Irgendwann ist mir etwas Blut in die Augen gelaufen. Ich weiß nicht, ob es meins ist oder das meiner Gegner. Mehr durch Glück kann ich ein paar Schläge blind abwehren, bis mir einer der Zwerge beispringt und mir die Gelegenheit gibt, das Blut aus meinem Gesicht zu wischen.

So schaffen wir es tatsächlich, bis zur Abenddämmerung durchzuhalten. Als die Goblins sich zurückziehen, sind wir so erschöpft, dass wir uns zwingen müssen, uns sofort an die Reparatur des Tores zu machen.

Dagan und seine Krieger treiben uns jedoch an. Wir sind nun noch etwa achtzig Krieger. Keiner spricht es laut aus, wir wissen alle, dass wir noch so einen Tag nicht durchhalten werden.

Während wir unter Anleitung der Zwerge das Tor reparieren, räumen die anderen die Toten beiseite. Unsere werden in die Gemeinschaftshalle gebracht und dort aufgebahrt, die Goblins werfen wir über die Mauer nach draußen. Die Köche gehen herum und bringen uns das Essen an unseren jeweiligen Arbeitsplatz.

Gegen Mitternacht sind die Reparaturmaßnahmen, soweit es möglich ist, abgeschlossen. Erschöpft lassen wir uns an Ort und Stelle nieder. Ein paar von uns halten die Nachtwache.

Alle anderen schlafen, um morgen für den letzten Kampf Kräfte zu sammeln.

Der Morgen beginnt viel zu früh. Mit verkrampften Gliedern mühen wir uns auf die Beine. Die Ausrüstung wird überprüft, die Schwerter geschärft. Pfeile haben wir nicht mehr.

Die Mauern können wir nicht halten, deshalb wollen wir versuchen, unsere Feinde direkt vor das Tor zu locken. Wir werden es öffnen, wenn der Angriff beginnt. Dann werden unsere Lanzenreiter den ersten Angriff reiten. Dagan berät sich mit einem seiner Krieger und dem Hauptmann der Reiter. Dann schlägt er uns vor, in der Ostseite der Mauer einen kleinen Durchgang zu schaffen. Die Reiter können immer zu zweit einen Angriff reiten, dann nach Osten schwenken und über den Durchgang wieder ins Fort hineinkommen. Dann stellen sie sich hinten an und wiederholen den Angriff. Somit haben wir einen andauernden Angriff mit den Lanzen, obwohl uns nur wenige Reiter zur Verfügung stehen.

Nach einer kurzen Diskussion machen die Zwerge sich daran, leise die Mauersteine an der entsprechenden Stelle zu entfernen. Wir anderen werden uns nach draußen vor die Mauer begeben und die Reiter so gut wie möglich schützen. Ein paar Krieger bleiben bei dem neuen Durchgang, um eingreifen zu können, falls die Goblins diesen entdecken.

Alle anderen stellen sich vor der Mauer in Dreierreihen auf. Ich stehe mit meiner Gruppe in der Mitte. Die Zwerge haben sich über die gesamte Front verteilt. Wir sind kaum mit unserer Aufstellung fertig, als die Armee der Goblins auftaucht.

Einige Minuten stehen wir uns gegenüber. Dann erschallt das Hornsignal und der Angriff beginnt. Die Goblins rücken in einer geraden Linie vor und wir erwarten sie mit der Mauer im Rücken. Als sie kurz vor unseren Linien angelangt sind, kommen die Reiter zum Einsatz. Wie besprochen kommen sie immer zu zweit aus dem Fort, greifen nur kurz an und schwenken nach Osten ab.

Wirklichen Schaden können sie so nicht verursachen. Diese Attacke dient mehr dazu, die feindlichen Linien zu stören, damit wir, obwohl zahlenmäßig weit unterlegen, die Linie der Goblins durchbrechen können. Wir nutzen den ersten Moment der Verwirrung und greifen die Kreaturen an. Lange hält unsere Schlachtreihe nicht durch. Schon bald befinden wir uns in Einzelkämpfen. Da ich sehr mit mir und meiner unmittelbaren Umgebung beschäftigt bin, habe ich keine Ahnung, wie es um die Schlacht steht.

Irgendwann, ich kann kaum noch mein Schwert halten, ertönen drei lange Hornstöße aus dem feindlichen Lager. Kurz darauf beginnen die Goblins, sich zurückzuziehen. Wir setzen ihnen nicht nach, sondern ziehen uns ebenfalls zurück.

Fünfzig sind von uns nun noch übrig. Von den Lanzenreitern haben zehn die Schlacht überlebt. Noch einmal können wir das nicht machen. Etwas ratlos sind wir nun schon, was den Rückzug der Goblins angeht. Trotz alledem nutzen wir die Verschnaufpause, um uns neu zu sammeln. Da Nogôhel heute gefallen ist, übernimmt Leutherion das Kommando über die restlichen Krieger. Er schickt vier Späher los, um das Lager der Goblins auszukundschaften. Wir anderen kümmern uns derweil um die Verletzten.

Die Köche kochen eine kräftige Mahlzeit und dann heißt es abwarten.

Am frühen Nachmittag kommen die Späher zurück und berichten Erstaunliches. Die Goblins brechen das Lager ab und scheinen sich komplett zurückzuziehen. Leutherion schickt die Späher sofort wieder zum Lager mit dem Auftrag, die Goblins weiter zu beobachten, ihnen zu folgen und regelmäßig Bericht zu erstatten.

Wir bleiben im Fort und behandeln unsere Wunden. Am nächsten Morgen möchte Leutherion entscheiden, wie wir nun weiter vorgehen werden. Tatsächlich haben die Goblins in der Nacht ihre Sachen gepackt und brechen im Morgengrauen Richtung Süden auf. Das verwirrt uns gewaltig. Hätten die Kreaturen den gestrigen Angriff nicht abgebrochen, dann hätten sie uns bis zum Abend vernichtet. Nun ziehen sie sich zurück.

Wir beratschlagen gemeinsam, was das bedeuten könnte, und Leutherion beschließt, dass wir zur Westfeste zurückkehren und dieses Fort aufgeben. Zuvor schickt er noch zwei weitere Späher aus, die die Situation im Westen auskundschaften sollen. Alsbald brechen wir auf.

Dagan und seine Krieger folgen uns, sind aber unruhig.

In Gesprächen teilen sie uns mit, dass sie bald zurück nach Hause wollen, da sie befürchten, dass der Rückzug der Goblins hier mit ihrer Heimat zu tun hat.

Als wir uns der Feste nähern, bewegen wir uns vorsichtig vorwärts. Aber auch hier sind keine Goblins mehr zu sehen. Als die Feste vor uns aufragt, können wir die Rauchsäulen sehen, die in den Himmel steigen.

Das Tor ist aus seinen Angeln gerissen, die Mauer stark beschädigt und im Inneren hat der Stall Feuer gefangen. Mit einem mulmigen Gefühl im Magen nähern wir uns. Dann tauchen Gestalten auf der Wehrmauer und am zerstörten Tor auf. Es handelt sich um Elfen. Also haben unsere Leute hier gesiegt. Wir betreten den Innenhof. Alle Gebäude weisen starke Beschädigungen auf. Diese Armee hatte wohl Belagerungsgeräte und Katapulte dabei. Uns wird sofort ein Platz zugewiesen, an dem wir uns ausruhen können.

Leutherion und Dagan werden zu Kildare geführt, um von unseren Erlebnissen zu berichten. Wir anderen nutzen die freie Zeit, um uns gründlich zu waschen und auf die Suche nach frischen Kleidern zu gehen. Die Feste ist stark beschädigt, hat die Schlacht aber besser überstanden, als es von außen den Anschein hat. Die Vorratskammern sind gut gefüllt und auch die Waffen- und Kleiderkammer ist unbeschädigt. Der Stall ist niedergebrannt, alle anderen Gebäude sind aber bewohnbar. Wir bekommen neue Kleidung und können unsere Waffen tauschen, sofern eine Reparatur oder Ausbesserung nicht mehr möglich ist. Pfeile haben sie hier jedoch auch keine mehr. Ich besorge mir von Sadr'Ariel einen Wetzstein und mache mich daran, mein Schwert zu schärfen. Es hat einige Scharten davongetragen und ich bin einige Zeit damit beschäftigt.

Am Abend sind Leutherion und Dagan immer noch nicht wieder zurück und wir begeben uns zur Ruhe. Unsere Zimmer sind unversehrt und Delavar und ich richten uns ein.

Veränderte Pläne

Am Morgen wird unser Trupp zu Kildare beordert. Als Milaileé, Oneidavas, Balladion, Delavar und ich den Besprechungsraum betreten, erwarten uns Kildare, Leutherion und Dagan mit seinen restlichen Kriegern schon. Sie sehen erschöpft aus. Offensichtlich haben sie die gesamte Nacht zusammengesessen und sich beraten. Wir setzen uns auf die bereitgestellten Stühle und hören zu, was die drei uns zu sagen haben.

Kildare beginnt. Ihr ernstes Gesicht wird von einem erleichterten Lächeln erhellt.

„Es wird euch freuen, zu hören, dass die Goblins sich von unserer Grenze zurückgezogen haben. Ihre Angriffe haben beträchtlichen Schaden angerichtet, da wir nicht auf einen Krieg vorbereitet waren."

Leutherion ergänzt: „Der Rückzug stellte uns und auch den Rat vor ein Rätsel. Es sind nun viele Kundschafter unterwegs, aber es wird dauern, bis wir uns Klarheit verschafft haben."

„Darauf können wir nicht warten." Dagan brummt in seinen Bart. „Wir werden in aller Frühe aufbrechen und zurück in die Berge ziehen. Ich befürchte, dass mein Volk als nächstes angegriffen wird, und ich muss meinem König berichten, was hier passiert ist. Die Erfahrungen, die wir gesammelt haben, müssen weitergegeben werden."

Kildare steht auf: „Dagan hat darum gebeten, dass ein paar von uns ihn und seine Krieger begleiten. Die Zwerge sind zwar herausragende Kämpfer, aber nur im Nahkampf. Fernkampfwaffen wie den Bogen kennen sie nicht.

Da sie die Wirkung im Fernkampf gesehen haben, möchten sie ebenfalls solche Waffen herstellen. Dazu benötigen sie jedoch die Hilfe von uns."

„Da unsere Krieger stark dezimiert sind", ergänzt Leutherion, „und wir vorher auch schon nicht zahlreich waren, können es nicht allzu viele werden. Es sollen ausschließlich Freiwillige sein, die Dagan folgen."

Kildare fügt hinzu: „Nachher werden wir die Garnison antreten lassen. Ich denke, es werden sich ein paar Freiwillige finden."

Ich weiß nicht, warum, aber ehe ich mir es selbst bewusst bin, habe ich meine Hand gehoben und mich freiwillig für diesen Einsatz gemeldet. Als Kildare und auch Leutherion überrascht in unsere Richtung schauen und feststellen, dass dies ja schnell ging, erkenne ich, dass auch Milaileé und Delavar die Hand gehoben haben.

Dagan scheint zufrieden zu sein, denn er verzichtet auf weitere Begleiter, die ursprünglich bei einem Appell am Nachmittag ausgewählt werden sollten.

Wir nutzen den Tag, um unsere Ausrüstung weiter auf Vordermann zu bringen und zu ergänzen. Am Abend verabschieden wir uns von Leutherion, Oneidavas und Balladion und legen uns früh schlafen. Im Morgengrauen schreiten wir mit den Zwergen durch das Tor. Auf eine große Verabschiedung wird verzichtet, denn unsere Mission soll nicht an die große Glocke gehängt werden.

Während die Zwerge zu Fuß gehen, haben wir drei uns für Pferde entschieden.

Es begleiten uns zwei Einspänner, von den Zwergen gelenkt, die mit Holz für die Bögen und Vorräten beladen sind. Das Holz wollen wir dann vor Ort verwenden, um die Zwerge den Bau von Bögen zu lehren.

Ebenso möchten wir während unserer Reise schon beginnen, verschiedene Bögen herzustellen. Da wir ja beachten müssen, dass die Zwerge deutlich kleiner sind als wir Elfen, werden auch wir etwas üben müssen, bis wir die richtigen Maße herausgefunden haben.

Unsere Reise beginnt mit einem blutroten Sonnenaufgang.

Epilog

Wir sitzen am abendlichen Lagerfeuer und löffeln unseren Eintopf. Seit wir mit Dagan und seiner Truppe von der Westfeste aufgebrochen sind, hat Haggnar, ein Krieger, der sich auf das Kochen versteht, jeden Abend die Mahlzeit zubereitet. Zuerst waren wir – allen voran Milaileé – misstrauisch, was seine Kochkünste angeht. Mit der derben Art der Zwerge sind die kulinarischen Künste irgendwie nicht vereinbar – dachten wir, zumindest bis zu unserem ersten Abend in der Wildnis.

Haggnar versteht es, aus allem was er findet, eine leckere Mahlzeit zuzubereiten. Da wir ausreichend Vorräte an Kartoffeln, Rüben, Zwiebeln, Kohl und auch Wildbret haben, verwöhnt er uns jeden Abend, sodass wir ihm das Kochen gerne überlassen.

Während wir auf das Essen warten, hat Milaileé schon einmal begonnen, sich an einem neuen Bogen zu versuchen. Ich sitze neben ihr und schaue zu. Da sie das gute Holz nicht für die Übung verbrauchen möchte, hat sie sich aus dem Wald einen kleinen Schössling geholt. Als Bogenholz taugt er nicht viel, aber um die richtige Größe herauszufinden, reicht er.

Als sie mit dem Messer an einer Verästelung hängenbleibt, rutscht sie ab und rammt mir den Ast in die Seite. Nicht darauf gefasst kippe ich von dem Baumstumpf, auf dem ich gesessen habe, in den Dreck.

Erschrocken schaut sie mich an, aber als die Zwerge in dröhnendes Lachen ausbrechen, können auch wir uns nicht mehr halten und lachen laut mit.

Sie hilft mir auf und unsere Hände bleiben ein klein wenig länger ineinander verschränkt, als es notwendig gewesen wäre. Mit einer leichten Rötung im Gesicht lässt sie los und lächelt mich verlegen an.

In meinem Magen fühlt es sich an, als ob dort hundert Bienen ihr Tagewerk verrichten. Bevor ich reagieren kann, ist der Moment vorbei und sie nimmt die Arbeit an dem Bogen wieder auf.

Als ich mich umsehe, bemerke ich, wie Delavar mich angrinst.

Elfen

Sil'ir	– ich selber
Geldarion	– Vater von Sil'ir
Teleria	– Mutter von Sil'ir
Shirókiel	– Jagdmeister der Sippe
Aranáreb	– Schwertmeister von Sil'ir
Kelalan	– Jäger im Vocaru
Elodiron	– erster Patrouillenführer
Kildare	– oberste Grenzwächterin
Leutherion	– Hauptmann von Sil'ir
Balladion	– Kampfgefährte
Oneidavas	– Kampfgefährte
Milaileé	– Kampfgefährtin
Sadr'Ariel	– Zeugwart der Westfeste
Delavar	– Kampfgefährte
Kariber	– Grenzwächterin
Fran'Entar	– Grenzwächter
Linrius	– Kommandant der Südfeste
Salérímä	– ehem. Grenzwächterin
Ailsinn	– Truppführerin
Ancoron	– Ratsmitglied
Floriel	– Ratsmitglied
Aimsir	– Ratsmitglied
Nogôhel	– Hauptmann des Forts

Zwerge

Dagan	– Hauptmann der Torwache
Nubnus	– Krieger
Hoili	– Krieger
Sesur	– Krieger
Ruoism	– Krieger
Toistrom	– König der Zwerge
Rishock	– Krieger
Haggnar	– Zwergenkoch

Elfenchronik, die Abenteuer des Elfen Sil'ir.

Band 1 – Der Beginn
Band 2 – Unter Zwergen
Band 3 – Schattenelfen